異世界コンビニ

Convenience Store Fanfare Mart Purunascia

榎木ユウ

Yu Enoki

主な登場人物
Main Characters
ボウちゃん
異世界コンビニの防犯カメラ。
空気が読める触手で、
奏楽に懐いている。
小林アレイ
プルナスシア店の店長。
29歳になっても嫁どころか
彼女がいないと馬鹿にされ、
いつも奏楽に虐げられている。
藤森奏楽《ソラ》
突然、異世界プルナスシアの
コンビニに異動させられてしまった、
23歳の店員。体格のいい男性が苦手で、
マッチョ率が高いこの異世界を嘆いている。

ナシカ
ハクサの従者。奏楽の好み
ドンピシャの草食系男子。
ケンタ
勇者としてプルナスシアに
召喚された少年。中学三年生らしい、
元気な様子を見せるが……
ラフレ
ナナナスト国の第七王女。
今は神官として神殿に勤めている。
ハクサと婚約していたが、
とある事情で解消した。
ジースト
ハクサの従者。
温かく主《あるじ》を見守る、いい人。
ハクサ
キザク国の第五王子。
見た目は完璧な王子だが、
中身が残念なほど子供っぽい。
ジグ
コンビニにやって来る常連客で、
店長の幼馴染。いつも大量の
おにぎりを買っていく。

プロローグ　異世界コンビニへようこそ

ちゃらっちゃら、ちゃらちゃららん。

愛嬌《あいきょう》のあるコンビニの入店音。

「いらっしゃいませ～」

間延びした声は、コンビニ店員歴五年の私から出たものだ。

胸元のプレートには、二十三歳にもかかわらず高校生に見間違われるほど童顔な、ショートボブ女子の写真が貼られている。そして、藤森《ふじもり》という名字。だけど、バイト仲間には奏楽《そら》という名前で呼ばれる方が多い。

「ここは……？」

入ってきたお客さんは、白い綺麗な鎧《よろい》を着た金髪碧眼《へきがん》の美青年。

美青年はガチャガチャと鎧の音を鳴らしながら、キョロキョロと店内を見回す。鎧の音が実は結構うるさいなんて、知りたくなかった豆知識だ。

私はマニュアル通り、至って平静を装《よそお》う。というか、いい加減、慣れてきた。

アパレル店員と違って、コンビニ店員はお客さんが来ても接客なんてことはしない。むしろ、積極的に接客してくるコンビニがあったら、ウザい。私なら絶対行かない。何でコンビニに行ってまで煩《わずら》わしい人間関係を作らなければならない。ここでぐらい人とかかわらせないでくれ、というのが私のポリシーなのだが、この店舗の特徴か、はたまた一見すると善良市民な私の容姿のせいか、話しかけてくる人は多い。

今もそう――

「お前、ここは一体何を売っているところなのだ？」

先ほどから鎧《よろい》をガチャガチャさせていた男の人は、店内を一周してからレジに来ると、私に不遜《ふそん》な態度で話しかけてきた。

いやいや、見れば分かるでしょ？

コンビニですよ、お客さん。あなたの生活に足らないものを、最近はスーパーとあまり変わらない値段で提供してくれる、正式名称コンビニエンスストアです――なんて、思ったことを口にできないのは、そんなことを言ったところで、目の前のこのキラッキラで残念なコスプレイヤーには通じないからだ。いや、彼のその服装は決してコスプレといった類《たぐい》のものではない。真実、彼はその鎧を正しく利用する世界の住人だから。

私はニッコリと笑って彼に言葉を返す。

「こちらは、コンビニエンスストア・ファンファァレマート〝異世界プルナスシア〟店です」

藤森奏楽、二十三歳。悲しいことに就職浪人中。

現在、異世界のコンビニで店員しています。

1　異世界コンビニって何？

『藤森奏楽様
大変申し訳ありませんが、今回の採用は見送らせていただきます』

白い封筒に紙切れ一枚。昨日自宅に届いていたらしいそれを、朝、母から受け取った。そのままポケットに突っ込んでいたのだが、バイト先のコンビニで着替えている時に思い出し、内容を確認したのだ。

結果は想像した通りのものだったが、こう毎回だと、やはり心は折れる。

「九月一日、夜です。夜なのにおはようございます」

だから、天気予報のお姉さんのような挨拶《あいさつ》から始まっても許してほしい。

桜咲く三月に大学を卒業した私は、それからすでに半年を経過したというのに、就職浪人中のコンビニバイト店員。つまりは、フリーター。それが今の私の肩書きである。

「おはよう、ソラちゃん。目が死んでるけど、また採用面接、駄目だったの？」

客足のないレジに滑り込んだ私に話し掛けてきたのは、このコンビニの店長、小林《こばやし》アレイだ。御《おん》年《とし》二十九歳。一八二センチという高身長が、一六〇センチに届かない私のコンプレックスを著《いちじる》しく刺激する。

店長は日本人と西洋系外国人のハーフで、ややがっしり目の体格なのだが、ガタイのいい男性があまり好きではない私は、全く興味がない。決してマッチョではない。だが、草食系でもない。何で外国系の男性って、こう逞《たくま》しいのだろうか。

「採用面接――それって何？　美味しいの？」

「ああ、ご愁傷様《しゅうしょうさま》です」

荒《すさ》んだ私の口調で全てを察した店長は、いつもの常套句《じょうとうく》を私に述べた。去年から何度その言葉を聞いたことか。

「ちょっと顔がいいからって、笑えばみんな慰《なぐさ》められると思うなよ。偽装イケメンは滅びろ」

「偽装してないし！」

大学入学以来、ずっとバイトしているので、店長とはこんな感じで軽口を叩ける関係になっていた。もう付き合いも五年を迎える。これが私と、このコンビニ〝ファンファレマート〟店長との関係だ。

「ソラちゃん、面接駄目だったなら、もっといいバイトしてみない？」

そんな店長が話し掛けてきた内容は、いつもと少し違っていた。

「うわ、店長サイテー」

間髪容《かんはつい》れずにそう言えば、「何でサイテー？」と店長が首を傾げて聞いてくる。

「え？　就職浪人中の美女を唆《そそのか》して、美人局《つつもたせ》させようとしている極悪人だと思っていますが？」

「えっと……確かに就職浪人中の女の子を雇っているけど、美女って？　美人局させるんだったらソラちゃんじゃなくて現役女子高生のミカちゃんの方が……あ、ごめんなさい、防犯ボール投げようとしないでください」

同じバイト仲間で、現役女子高校生のミカちゃんを引き合いに出してくるとはいい度胸だ。

私は防犯ボールを手に店長に微笑んだ。

「これでも小学生の時、野球少年団に入っていたから、コントロールは抜群ですよ」

「いやいや、この至近距離でそんな構えられても、逃げようもないから。それ、マジで服に塗料ついたら落ちないから。ゴメンナサイ」

「で、何の人身売買の斡旋《あっせん》なんですか？　それとも臓器提供か。私の臓器より、店長の腹の中にある三つ目の腎臓をくり抜いた方が売れますよね？」

「俺、人間だから。それにそんな物騒なバイトじゃないよ！」

「じゃあ、何ですか？」

話の続きを促《うなが》せば、店長はニコニコしながら言う。

「実は、ちょっと別の店舗に行ってほしいんだよね」

「イヤです」

「間髪容れず拒否ですか。容赦ないね、ソラちゃん。合コンで、君の大人しそうな見た目に騙《だま》される男どもに同情するよ」

「うるせーですよ、店長。第一、家から徒歩五分という好立地なので、今まで店長のセクハラにも耐えて続けてきたのに、何でわざわざ別の店舗に行かなくちゃならんのですか」

私が絶対零度《れいど》の視線を向ければ、店長は大げさに胸を押さえて、目を見開いている。オーバーアクションなところが、さらに鬱陶《うっとう》しい。

「今、凄いビックリしたぁ。俺、ソラちゃんにセクハラしたことないよね？　セクハラするんだったら、ミカちゃんの方が……あ、すいません、本当にゴメンナサイ。だから、俺の手をそのフライヤーの中に突っ込もうとするのはやめてください。ゴメンナサイ」

「『店長の話って、本当おじさん臭漂《しゅうただよ》いすぎて、ナイよね～？』ってミカちゃんに言われていることを、シッテイルノカ」

「何故に最後片言……！　おじさん臭ってミカちゃん、そんなこと言っていたの？　俺、泣きそうだよ……」

女子高生にこだわる変態店長の心を抉《えぐ》ることに成功した私は、項垂《うなだ》れる店長を放置して前を見る。

いくら客が誰もいないと言っても、店員が大口開けて喋《しゃべ》っていると、「仕事中なのに」と密告電話が本社にいくことがあるからだ。客でもないのに密告する輩《やから》がいることにドン引きだが、世の中、荒《すさ》んだ人も結構いるってことで、私も店長も、私語はなるべく目立たないようにしている。

なのに、その内容がいくら仕事に関することといえども、何で今？　他店に異動？　バイト店員が？

「はっ」

鼻で笑ってジロリと横目で睨むと、店長は無駄にがっしりとした体を気持ち悪くモジモジさせている。ファンファレマートの制服であるエプロン如《ごと》きでは隠しきれない。決してボディビルダーのようにムキムキマッチョではないが、細マッチョというほど細くもない。店長は、よく見る海外の俳優さんのような、骨太なのだ。そんな体格良しの男が甘えた声で、

「で、ソラちゃん。是非とも別店舗、行ってもらえないかなぁ？」

とか、気持ち悪いことこの上ない。私に媚《こび》を売ること自体意味が分からないし、それ以前に、大男の媚は気持ち悪い。大事なことだから二度言うが、気持ち悪い。

「だからイヤですって。店長がその店舗行けばいいじゃないですか。そして次の店長はもっと若くて線の細い、美青年を希望します」

いつもなら、これくらい抉っておけば意気消沈してレジカウンターに突っ伏すのだが、今日の店長は何故か私に立ち向かってくる。

「そこの店舗ね、結構イケメンが買い物に来るんだよ？」

「コンビニの店員と客の恋なんて、何ソレ、美味しいの？ ——って勢いで都市伝説ですよね？もし、本当にそんなのあったら、私より先に店長が片付いてますよね？ あんた、三十ですよね？結婚しないいんですか？」

「うぉ、妹が結婚して、田舎《いなか》のかあちゃんからのプレッシャーが最近きつくなってきた俺に容赦ないカウンター！ そして俺、まだ誕生日来てないから、二十九歳だから！」

また胸を押さえて、「俺……胸が痛くて明日休むかもぉ」と呻《うめ》いたので、「是非とも休んでください」と返しておいた。いや、むしろ、もう来なくていい。

「ま、それは冗談として、本当にソラちゃんしか頼めないんだよね」

今日の店長はなんだかしつこい。そもそも他店なら、その近辺でバイト募集をかければいいだけのことで、わざわざ私を異動させる必要なんて全くないだろうに。

「店長、申し訳ないんですが、本当に他のひ――」

ふざけるのは置いといて、真顔で断りを入れようとした瞬間、店長が私の言葉に被せて言う。

「でも、もう断れないんだ。ごめんね？」

はい？　今、何に対して謝った。この馬鹿店長。

店長は手を後ろで組みながら、「だ、か、ら」と言葉を区切る。

科《しな》を作るな。上から見下ろすな。普通にしていれば少しはマシに見えるだろうに、どうしてこんなに動作がキモイのか。好《この》みでないのは変わらないが、つくづく残念すぎる。

だけど、残念なのはその言動だけじゃなく、頭の中も――だったらしい。

「試しに異世界コンビニに連れてきちゃったんだけど、体調、大丈夫でしょ？」

ニッコリと微笑んで言われたことがさっぱり理解できず、私は唖然《あぜん》とした。

「は？　異世界コンビニ？」

聞き間違いかと思った。だけど、次の瞬間、あることが気になり始める。

そういえば、夕飯時のこの時間帯に、何で客の一人も来ないんだ？　外を見遣れば、夜の闇にまぎれながらもそこに存在する駐車場が――なかった。

駐車場どころか、見慣れたアスファルトの道路もなくて、ただ、辺り一面が真っ暗な闇で塗りつぶされていた。

何故、この状態に気づかなかったのか……

外は暗くてよく見えないが、いつもの店だと思っていたのに――いや、店内はいつもの店だったのだが、外の風景が変わっているだなんて思いもしなかった。それに、他のバイトさんも来ていない。

「え？　だって私、入ったのっていつものコンビニだったのに！」

ちゃらっちゃら、ちゃらちゃららん。

混乱する私をよそに能天気な音を立てて、入店音が響き渡る。

「いらっしゃいませー」

悲しいかな、混乱していようがどうしようが、いつもの条件反射でそう言ってしまう。

そして見てしまったお客さんは、くたびれたサラリーマンでも、今からどこ行くんだって勢いのカップルでもなかった。

ゴテゴテしい胸当てにでっかい剣を携《たずさ》えた、埃《ほこり》まみれの大男がそこにはいた。

右目には、銀色の金属で作られた眼帯。そこに収まり切れない傷跡がワイルドすぎる。普通に怪我で眼帯をする人はいるだろうが、それとは全く趣《おもむき》が異なる。しかも赤い髪が目にも眩《まぶ》しいし、金色の左目なんてカラーコンタクトとは思えないほど自然だ。

何より鍛えられた、服に隠し切れない筋肉が凄い。筋肉に全く興味のない私でも分かる〝強靭《きょうじん》な肉体〟で、どこか、ファンタジーめいた格好の大男だ。

「おう、アレイ、そいつが新しい店員か？」

ニヤニヤと笑いながら私を見てきた大男に対し、店長も嬉しそうに笑って返す。

「そ。可愛いだろ？　しかも異世界に移動してても気づかないタフな女の子だから」

「……」

藤森奏楽。二十三歳。ただ今、就職浪人中――って何度言っても悲しくなるけれど、大事なことだから、もう一度言います。就職浪人中。

決して、異世界のコンビニ店員になりたいわけじゃない。

※　※　※

店長の説明によると、この世界の名前は〝プルナスシア〟と言う。世界というよりは、大陸の名前がそういう名前なんだとか。大陸の大きさはユーラシア大陸二個分というのだから、かなり大きい方だ。その割には国の数は二十にも満たない。大きく分割って感じみたいだ。

文化レベルは地球の近代西洋に近いものの、ところどころ地球より変に進んでいる部分もあるのことで、何とも言えないらしい。まあ、地球だって、日本とアマゾンの奥地では文化に結構違いがあるのは確かだし、一概《いちがい》には言えないだろう。

「まあ、そんなこと覚えても、牛の糞《くそ》ほどの役にも立ちませんがね」

「うわぁ……女の子が糞だなんて言わないでよ。俺、泣いちゃうよ？」

「ああ、間違えました。店長ほどの役にも立ちません、ですね」

「ちょ、待って。俺、牛の糞並み？　俺、牛の糞並みなの？」

「うわあ……牛の牛のってそんなに連呼するなんて、ちょっと食べ物扱っている場所で信じられない――」

「ええええええ！　最初に言ったのソラちゃんなのに！」

だから、ピンク色のエプロン着ながらくねくねしないでほしい。なんでこのコンビニの制服は、老若男女問わずピンクのエプロンなのだろう。大手コンビニは半袖シャツの制服が多い中、ファンファレマートはいつまで経ってもエプロンだ。

しかも、大手コンビニとの差異をつけたいのか、うっすらと若草色のドットが入っているところなんて、家の近場のコンビニでなければ間違いなく寄らなかったし、バイトもしなかった。

だけど私の地元では、悲しいかな、ここは某大手コンビニに次ぐ人気店という中途半端な立ち位置なので、無下にすることもできないのだ。

「いいから早く、私を日本の元いた店舗に戻せよ」

「もう三日もこっちの店舗に勤めているのに、ソラちゃんも諦めないねぇ」

「たかが三日です。諦められるかって話ですよ」

「いやいや、普通、一日で辞める人が多いから」

へらへらしながらそう言われても、全然嬉しくない。

窓の外を眺めれば、そこにあるのは森。今日は昼間だからよく見える。鬱蒼《うっそう》としているわけではなくて、ちょっと避暑に来ちゃいました軽井沢《かるいざわ》♪　って感じで、人の手が入った綺麗な森だ。点在する木々の間から、木漏れ日のように降り注《そそ》ぐ日差しが気持ちよさそうだ。軽井沢、行ったことないけれど、多分こんな感じなんだろうと思う。うん。

で、この森とは逆側にまっすぐ歩いていくと、この大陸一の大きさと文化を誇る〝ナナナスト〟という、何だか言いにくい国があるらしい。ならばこの森はナナナスト国の中なのかというと、それは違う。ここは大陸の真ん中である〝プルナスシアのへそ〟と呼ばれる場所で、各国で不可侵条約を結んでいるため、どこの国のものでもないらしい。

さっきから「らしい」ばっかりで、さっぱり要領が掴めない感じなのは仕方ない。

何故なら、この店舗に勤めてから一度たりとも、私はこのコンビニから異世界〝プルナスシア〟へ出たことがないからだ。

「外、出てみたい？」

もう店長と会話したくなくて森を眺めていたら、店長がニヤニヤしながら聞いてきた。人の気持ちをことごとく無視する男だ。そんなんだから嫁のなり手どころか彼女もできねえんだよ、と内心思う。

「あのぉ……『内心思う』とか言いながら、ブツブツ口に出しているのは、ワザとなの？　ワザと俺に聞こえるように言っているの？」

「嫌ですよ。外出たら二度とこっちに戻ってこられないのに、何で出なくちゃならないんですか」

「うわ、凄いスルースキル。容赦ねぇ」

人がせっかく質問に答えてやったというのに、面倒くさい男だ。

いきなりこの世界に連れてこられた時、店長に真っ先に言われたことが、「このコンビニから異世界に出たら二度と元の世界には戻れない」ということだった。まあ、もう帰れませんと言われるよりはマシだが、それでも物騒なことは変わりない。

それに加えて「俺は異世界人なんだ」とか、いらぬカミングアウトなど聞きたくなかった。知りたくなかった。

「しかも〝魔法〟とか、店長は三十過ぎまで童貞だったんですね」

「いやいやいや。あのね、この世界では魔法を使える人が普通にいるんです。俺、これでもここでは結構な魔法使い。これ本当」

ピンクのエプロンをふりふりさせながら言う店長は至極怪しい。怪しいのだが、このコンビニは店長のその怪しげな魔法で創られたものだというのだから、信じるほかない。

しかも、半分、私の元いた世界と繋《つな》がっているので、プルナスシアにありながら地球にも片足突っ込んでいる状態なのだと言う。

私はいつもコンビニに出勤する時、裏口から入るのだが、ドアノブに触れた際に私を認識して、この異世界店舗へ繋がる入り口へと切り替わるらしい。コンビニによっては正面入り口しかなく、店員もそこから入ってコッソリとバックヤードに回る店舗もあるようだが、当店は中古小売店をリフォームしたものなので裏口があるのだ。

ということで、今回はコンビニに入った時点で、すでに異世界店舗だった。私の意思をことごとく無視した異動だ。

あー、むしゃくしゃする。意に沿わぬ異動とか誘拐じゃねえか、畜生。その豚のシッポみたいに縛られたイケてない後ろ髪をちょん切ってやろうか。微妙に長髪とか、本当、キャラ付け甘いんだよ。その茶金の髪は地毛か？　それとも中途半端なサーファーあがりなのか、お前は。と、内心思う。

「だからヤメテ！　声に出しているから！　丸聞こえだから！　そしてこの茶金の髪は地毛！　ナチュラルヘアーだよ、俺！」

「ハゲろ！」

「ソラちゃん、怖いよ！」

怯《おび》える店長を放置して、私は自分の状況を再度整理する。

まあ、幸いだったのは、この店の正面入り口から外に出ない限り、私は地球に戻れるということだ。時間軸も変わらないらしく、戻ったら浦島太郎ということもない。午前九時に入店して、午後六時に退店すれば、日本に戻っても同じ時間経過なのだ。しかも休みも今までと変わらず週一、二回はとれる。よって、バイトの勤務時間は変わらない。ここ重要。

ただし、正面入り口から出たら最後、私は二度と元の世界に戻れなくなってしまうらしい。

何でそうなってしまうのかと尋ねたら、「世界の理《ことわり》が……」とか中二病みたいな気持ち悪いことを言い出したので、速攻で「あ、いいです」って話を遮断した。

その時の、自分の見せ場を奪われた感たっぷりな店長の顔は、凄くウザかった。

結論としては、私がコンビニの裏口のドアノブを触って中に入ると、異世界コンビニに必ず直結してしまうので、ここに勤める限り、私は強制的に異世界コンビニの店員になるということだ。

いっそのこと、そんな横暴認められない、と辞めてしまえればどんなにスッキリするかと思うのだが……悲しいかな、就職浪人中の身の上だ。かつ家からも近くて、時給も長年勤めているせいか、ほんのり上乗せされているこのコンビニより旨《うま》みのあるバイトが見つからないのだ。現状維持せざるを得ない。

しかも、人の足元見やがって、異世界手当が時給プラス八百円って、下手すると契約社員として企業に勤めるよりも高い。所詮は私も社畜だったということか。いや、会社勤めをしたことないけれど。

「おーい、ソラ。会計してくれぇ」

どこの銭湯のおっちゃんだという調子で、レジにおにぎりを持ってきたのは、傭兵《ようへい》のジグさんだ。

正式名称は知らない。初めて会った異世界人第一号の、あの眼帯男だ。

今日も、私の太腿《ふともも》ぐらいありそうな太い二の腕と、腰に佩《お》びた大剣をひけらかしながら、買い物に来ている。

私は「はい、かしこまりました」と返し、淡々とバーコードを読み取っていった。店長がどうやったのか知りたくもないが、間違いなく日本の製品なのに、バーコードリーダーで読み取ると、こちらの世界の通貨での金額になる。当然消費税はかからないので、端数《はすう》の八円とか三円とか、あの細かいのは消える。昔の日本は消費税がなかったなんて信じられないけど、ないとこんなに会計が楽だとは思わなかった。

「全部で五〇〇ラガーになります」

「ソラ、仕事終わったら俺と出かけねぇ？　ナナナストの王都は行ったことねぇんだろ？　いい街だぜ」

「いや、仕事中なんで」

「だから、仕事終わったあと。俺、待っててやっから！」

「別に興味ないんで結構です」

何で出たら最後、二度と戻れない世界にわざわざ行かねばならない。

しかも質《たち》が悪いことにこの男、店長と顔なじみどころか幼馴染《おさななじみ》という間柄《あいだがら》らしく、私の事情を知った上でそう言ってくるのだ。

だが、本当に外に連れ出したいというわけではない。人をからかって遊んでいるのはその目を見れば分かる。店長にしてこの幼馴染あり。二人ともハゲてしまえばいいのに。

無表情で袋に品物を入れ、ジグさんに突き出す。日本の店舗の時はもっと丁寧に接客していたけれど、こっちに来てから何だか雑になった気がする。就職活動に影響が出ないように気をつけねば。

「本当、鉄壁だな、ソラは！　アレイ、もっと愛想《あいそ》の教育しとけよ！」

ジグさんがニヤニヤしながらそう店長に言うと、店長はニコニコしながら主張する。

「ソラちゃんはこのツンデレがいいんだよ！」

「いつ、どのタイミングで私が店長にデレたんですか。ツンデレって言葉の意味分かってます？」

「ほら、こうして俺の一挙一動にかかわろうとしてくるところ、凄く可愛いよね？　だからジグにはあげないよ！」

　肩を抱いてこようとしたので、反復横跳びの勢いで横に跳べば、店長の手がその場でワキワキして間抜けな感じになる。それを見ながらジグさんがゲラゲラと笑った。

「かかわってないし、かかわりたくもない。気持ち悪いこと言わないでください」

「うわ、本気で虫けら見る目みたいになってるよ、ソラちゃん……」

「え、私そんな目していました？　虫の方が使えますよね？」

「確かに！　アレイよりはそこらの虫の方が食えるな」

　今、会計したばかりのおにぎりを開けて食べながら、ジグさんが深く頷いているが、ここはレジ前なので食べないでほしい。店長が何も言わないので私も何も言わないが、床に零《こぼ》したら許さない。掃除大変なんだぞ、おい。

　ジグさんは買ったおにぎり全てをレジ前で食べるという自由行動を終えると、レジカウンターに付いているゴミ箱にそのゴミを突っ込んだ。

「どれ、行くか」

「あ、ジグさん」

「んあ？」

小さい私だとちょっと届きにくいので、顔を寄せるようチョイチョイと手招きする。頬にご飯粒がついていたのだ。私はそれをそっとつまんでやった。

「ついてましたよ」

「お、おう……」

さっきとは打って変わって、少し照れくさそうなジグさん。

これが私好《ごの》みの白魚《しらうお》みたいなほっそり草食系男子だったら、私の胸もキュンと高鳴るのだが、残念なことに目前の男は、百戦錬磨《れんま》っぽい傭兵《ようへい》さん。戦うために鍛え上げられた胸筋を持つ筋肉達磨《だるま》だ。

私はジグさんにニッコリ微笑みかけると、容赦なくご飯粒を店長の口に突っ込んだ。

「ぐええっ！　なんでジグのご飯粒を俺にっ！」

心底嫌そうな顔をする店長。油断していたのだろう。「思わず食べちゃったよぉぉ」と半泣きするところを見ると、本当に嫌だったらしい。まあ、私も自分でされたら心の底から嫌がるし、気持ち悪い。だからやったのだが。

一方ジグさんも、自分のご飯粒の行方《ゆくえ》に軽く引いていた。

「なんで私が人の頬についていた米粒、食べなくちゃならないんですか？」

「それ、俺に食わす必要ないよね!?」

「お米の一粒一粒に神様がいますから〜」

「いや、たとえ神様がいても、俺に食わすことないよねっ！」

「ちゃらっちゃら、ちゃらちゃららん」

入店音のあと、私は入り口に顔を向けて、元気よく挨拶《あいさつ》する。

「いらっしゃいませ〜」

「いや、誰も来てないし！　今の入店音、口で言ってるだけじゃん！　それよりも俺のこの気持ち悪さをどうにかしようよ！　オエエエエエエエ！」

横で店長がまだ喚《わめ》いていたが、私の知ったことじゃない。

嫌なら、私を早く元の職場に戻してくれ、店長。

2　どんな客が来るの？

異世界コンビニ、四日目。

私は第二村人ならぬ新規顧客と遭遇する。いや、お客さんは何人か来るんだけど、ジグさんと同じくらいキャラ立ちしたお客さんが来店したのだ。

「ここは……」

あー、惜しい。返す返すも惜しい。

「お前、ここは一体何を売っているところなのだ？」

「こちらは、コンビニエンスストア・ファンファレマート〝プルナスシア〞店です」

「は？　こんびに？」

私の目の前に、サラサラ金髪に青い瞳の、白い甲冑《かっちゅう》に身を包んだ男が立っている。これで、ほっそりしていれば、まさに童話の王子様だが、残念なことに目前の王子様然とした男の体型は闘う男のものだった。

惜しい、体型以外は顔だって悪くないのに。何を食ってそうなった。

内心のガッカリ感を表に出さずに、私は適当に答えていく。

「コンビニですよ。好きなもの選んで、あそこのレジまで持って行ったら買えるんです」

「貴様、余にそんな口の利き方をしていいと思っているのか」

「あ、このコンビニで抜刀等の迷惑行為をすると、後ろの触手に喰われますよ」

筋肉王子が腰に携《たずさ》えていた剣に手をかけたのでそう言えば、王子はギョッとして背後を見た。

すると、コンビニの隅に設置されている防犯カメラからウニョウニョと触手が出てくる。間違えないでほしい。〝触手〟だ。異世界で物騒だからという理由で、店長が設置したらしい。

もっと他になかったのかと思わなくもないのだが、この防犯カメラの触手ちゃんは優秀で、私が叫んでもないのに、すぐに危険を察して出てきてくれる。空気を読む子だ。だけど、触手。何故に触手。

いや、我儘《わがまま》は言うまい。事実、目前の王子も触手を見て慄《おのの》いている。凄いな、触手効果。

「伝説の触手　ギリギンテ……！」

王子が触手を見て中二病みたいな名前を呟いているが、私は聞かなかったふりをする。あの触手が外で何と呼ばれていようが、知ったことじゃない。あれは、防犯カメラ触手ちゃん——ボウちゃんだ。よし、ボウちゃんにしよう。今決めた。

王子はさらにブツブツと何かを呟いていたのだが、それからすぐに気を取り直したようで、辺りを物色し始めた。まあ、抜刀したり私に危害を加えたりしなければ、ボウちゃんは無害ですしね。

「これは、卵なのか……？　金色に光っている！」

王子はお菓子売り場で、金色に塗装された卵形のお菓子を持ちながら、プルプルと震えていた。

「こ……これは……！　まさか、伝説の鳳凰《ほうおう》の卵？」

「んなわけあるか。ただの菓子だ、ボケ」

そちらはお菓子です。卵の中にチョコレートが入っていて美味しいですよ。

「ソラちゃん、心の声と実際に出している言葉が、多分逆になっている」

「あ、店長」

いつの間に来たのか、店長が事務室から出てきた。

この人、こんなに頻繁《ひんぱん》にこちらに来てるけど、あちらの店舗大丈夫なんだろうか。まあ、以前から使えない店長だったから、きっとミカちゃんと、ミカちゃんの彼氏の木村《きむら》君がうまくやっていることだろう——と内心私は思った。

「ええ？　ミカちゃん、木村君と付き合っていたの？　ていうか、その内心ダダ漏れで俺を抉《えぐ》るの、ワザとだよね？　絶対ワザと俺を抉っているよね？」

ミカちゃんと木村君の仲を知らなかった店長は軽くショックを受けている。そんな店長に王子が声を掛けてきた。

「おい、お前。この〝コンビニ〟というのは、誰の許可を取ってこの地に建てている！」

偉そうな王子に対して、店長は恭《うやうや》しく応対し始める。

「これはこれは、キザク国第五王子、ハクサ殿下。この地に建つものは全て神殿直属だとご存じのはずでは？」

やはり筋肉王子は王子でした。でも第五王子とか、微妙に王位から遠い。体型も残念なら、キャラ立ちも残念だ。典型的な王子キャラを踏襲しているが、それが第五王子という微妙な立ち位置で台無しになっている。せめて第三王子なら、その無駄な筋肉も王太子と第二王子を支えるために騎士団に入団しましたとかいう美味しい設定が使えるのだろうが、第五ともなると、〝王子〟としての仕事はお兄さんたちで消費されて、あまりないのかもしれない。国許《くにもと》にいないで、この〝プルナスシアのへそ〟に来ているのは、そんな微妙な立場も大いに関係しているのだろうと思われる。

そして、店長、新しい設定追加しているけど、何だ、〝神殿〟って。〝プルナスシアのへそ〟以外に何かあるのか。

まあ、このコンビニがどこの直属で建っていようが、私は聞かなかったことにする。だって、私のバイト代が賄《まかな》えるなら関係ないし。

たとえ、魔王が建てたコンビニだと言われても、残念王子が来店するような店であっても、私はバイト代がきちんともらえれば、働くさ！　ただし、安全で、かつ、私好《ごの》みの白魚《しらうお》のようにほっそりとした美青年がいれば、もっと頑張ります！　と内心思う。

「だからソラちゃん、心の声を暴露しないで。呟いていない風を装《よそお》っても、君、独り言で口に出してるから。ていうか、もう独り言のレベルじゃないよ、ソラちゃん！」

「ざ、残念王子……」

どうやら私の心の声（わざと外に呟いたもの）は、王子の耳にも届いたらしい。「残念」だけを拾うあたり、多分、国許でも似たようなことを言われているのだろう。王子、ガンバ！

「と、とにかく……神殿直属なら、正式な通達が各国にいっているはずだ！　余は今日も中央神殿へ赴《おもむ》いたが、そんなことは聞いてないぞ！」

「教えてもらえない程度の立場なんじゃないんすかー？」

「……」

「ソラちゃん！　初対面の、仮にも王子様なんだから、もっと優しくしてあげてよ！　扱いが俺と同じくらい、酷いよ！」

「肉食系男子は皆、滅べばいい」

ちゃらっちゃら、ちゃらちゃららん。

「おう、どうした雁首《がんくび》揃えて」

ジグさんが飄々《ひょうひょう》と声を張り上げて登場する。もう、このタイミングの良さは、才能だと思う。

すると、王子がジグさんを見て叫んだ。

「お前は、雷鳴《らいめい》のジグ！」

「ブホッ！」

私は耐え切れずに口を押さえて噴き出していた。

駄目だ、この王子、こじらせている……！

雷鳴のジグ――って。なんでこういうキャラって〝雷鳴の〟とか、色んな作品と被りやすそうな二つ名がつくんだろう。いや、名づけられたのはジグさんの方だけど、ジグさん、言われた瞬間、凄く嫌な顔していたし。その二つ名、嫌なんですね。私も嫌だ。

そういう、場の雰囲気とか読まないで相手を二つ名で呼んでしまう残念王子――素晴らしいではないか。

いつも飄々《ひょうひょう》としているジグさんの嫌そうな顔を見られたことは嬉しかったので、王子に好意的な接客を試みる。

「王子、その金の卵は鳳凰《ほうおう》ではなく、この雷鳴……ぶふ、雷鳴のジグの産んだ卵なんですよ。お買い得です」

「ソラちゃん、王子に変な嘘言わないで！　しかも途中、笑ってるし！」

「俺の産みたてだ、丁重に扱えよ」

「ジグも便乗するなよ！　お前、いつから雌鶏《めんどり》になったんだよ！」

「雷鳴のジグが産んだ卵……」

「えっ、ハクサ殿下も何、本気にしているの？　そんなにしげしげと卵を見つめないで！　それ、お菓子だから！　それにムキムキの筋肉男が産んだ卵だよ。そんなのが欲しいの？　本当に欲しいの？」

「雷鳴のジグが産んだのなら、それだけで素晴らしいではないか！」

「……サヨウデゴザイマスカ」

店長のツッコミも霞《かす》むほど、王子の心は卵に傾きつつある。やだ、この人チョロイ。

「ハクサ殿下！」

今まで触れなかったけれど、実はジグさんは珍しく背後にお供を連れていた。計二名。だけど、私の目には入らなかった。だって、筋肉だったから。

この店内、今、筋肉率が異様に高い。かろうじて店長がまだ細く見えるとか、日本ではあり得ない。

もう、ね、お前ら鶏のササミでも食ってろ！　って暴言吐いてもいいですか？　あ、それは鶏のササミに失礼かな。あれって、凄く美味しいよね。棒棒鶏《バンバンジー》、大好き！

「ソラちゃん、もう飽きたんでしょ」

店長はすかさず、きっちり隠しているはずの私の内面を指摘してくる。さすが、残念店長。変なところだけ気づくところが、絶妙にウザい、と内心思う。

「内心思うって言った時の、このあえて聞かせるドS思考……！　触手が反応したからソラちゃんを心配して来たんだけど、帰っていいかな、俺」

「早く帰れクダサイ」

「敬語にもなってないよ、ソラちゃんっ……‼」

「第一、こんな客も来ない森の中で、強盗なんて来るもんですか。今日のお客さんなんてこの王子で二人目ですよ？」

こんなに閑古鳥《かんこどり》が鳴くコンビニなんて、初めてだ。それだけコンビニって場所はお客さんが頻繁《ひんぱん》に来るところなのだ。たとえ台風でもお客さんが来るところ、それがコンビニだ。

「何事も過信はよくないからね、ソラちゃん！　ここは触手が必要なくらいは物騒なんだから」

「店長も自分の若さを過信すると、あっという間に四十ですよ」

「怖いこと言わないでよ！　自分がまだ二十代前半だからって！」

「へへへ、三十代に言われてもねぇ」

「俺はまだ二十九歳だから！」

「お前ら、そろそろ終わらせろ。話が進まん」

そろそろ収拾つかなくなってきたな、と思ったら、ジグさんがまとめに入ってくれた。

ジグさんのポジションが何となく固まってきた気がする。

「俺まで、お前らのコントに巻き込むな」

ジグさんは珍しく嫌そうな顔をして、それから王子にお供二名を突き出した。

「これで俺の臨時任務、終了だな」

「ありがとうございました。おかげさまで、無事ハクサ殿下を見つけられました」

「あの歳で迷子だったんですか……」

お供とジグさんのやり取りで、実は王子が迷子だったことが判明したのだが、私はニヤニヤどころかちょっと引いてしまった。そうだよね、王子って名前の付く人が、一人でこんな森の中にいることの方がおかしい。

王子は私をギロリと睨むと、剣に手をかけたが、その背後ではボウちゃんがスタンばっている。

もう、このコンビニで一番、私のことを思ってくれているのはボウちゃんなのかな……

やだ、触手と禁断の恋って、それは色んな意味でアウトだろう。一部には受けるだろうが、私はできれば白魚《しらうお》の美青年がいいし、触手は見ている方がいい。

そんなことを思っていると、お供の一人が王子の手の中にある金の卵に気づいた。

「あ、それが欲しいんですね」

彼は王子の手から恭《うやうや》しくその卵を受け取り、レジに持っていく。私はいそいそとレジカウンター入り、金の卵のバーコードを読み取った。

「三五〇ラガーです」

「はい、どうぞ」

チャリチャリと銀貨と銅貨をもらって、私はお会計済みの金の卵を手に取る。

「シールの方がいいですよね？」

「はい、お願いします」

ニッコリとお供の人も微笑むあたり、この人も分かっているんだろうな。

袋ではなくシールを貼られた金の卵は、お供の手からまた恭しく王子の手に戻された。

「これが雷鳴《らいめい》のジグの卵……何が孵化《ふか》するんだ……！」

「それはお前の愛情次第だな。しっかり温めて孵化させてやってくれ」

キリッと告げるジグさんに、王子は目をキラキラさせて「ウム」と深く頷いた。頷いちゃうんだ……。

今度は店長も突っ込まなかった。疲れたのだろう。

「さ、ハクサ殿下、戻りましょう」

お供の人に促《うなが》されて、コンビニから出ていこうとする王子。

しかしピタリと一度、ドアの前で立ち止まると、王子は大事そうに金の卵を握りしめながら私に言う。

「また、来る」

「ありがとうございましたー」

マニュアル言葉とオプション笑顔で私は王子を追い出した。

「ソラちゃん、どうしてシールにしたの……？」

一連のやり取りを見ていた店長が、首を傾げながら私に聞いてきた。お前、店長なのに分かってないな。レジ打ち全然してないもんな、この店長。

「そ、その、蔑《さげす》んだ目、ヤメテ。心、折れるから……」

私は落ち込む店長に仕方なく説明してあげる。

「子供は袋に入れちゃうと、中身が見えなくて嫌がる子が多いんですよ。自分の手で持ちたいから、シール。これ、レジ打ちの基本ですよ！　子供がいたら、自分からシール貼りますかって聞くのは！」

「は、はい……」

「あの王子、ソラと同い年だったはずだぞ……」

ジグさんが多少同情を禁じ得ないといった感じに呟く。

「その割にはアレって、どうなんですか？　あの歳でアレってことは、あの王子もまだ独身じゃないんですか？　そんなんだからこのコンビニにいる男性は、誰も嫁のなり手がないんですよ」

毒を吐いたら店長もジグさんも閉口していた。

どうやら二人、共に地雷だったらしい。まだ結婚適齢期には早い私にはさっぱり分からない問題だが、大変だな、と少しだけ同情した。

※　※　※

お父さん、お母さん、お元気ですか。異世界コンビニなどというわけの分からない場所に勤務して、とうとう一週間が経ちました――といっても、今朝も父と母とは、挨拶《あいさつ》を交わしたばかりだが。

恐ろしいことに、数回勤務しただけでこの異常な場所に慣れてきている自分がいる。それもそのはず、職場が異世界だと言わなければ、私のコンビニ勤務は以前と全く変わらないからだ。バックヤードの壁に掛けられたカレンダーをしみじみ眺めてしまう。

「九月がもう一週間過ぎたとか、そんなの嘘だ！　内定が一つもないとか信じたくないよ！」

店長が見たら「現実を見なよ、ソラちゃん」と言われそうだが、今、このコンビニには私一人しか店員がいない。

そう、異世界コンビニは万年店員不足らしい。知りたくなかった、そんな事実。そのせいで、店員は私のシフト時にはほとんど私一人。たまに店長がやってくるが、日本のコンビニでの勤務もあるせいか、かなり忙しそうだ。

一方、こちらはほぼ閑古鳥《かんこどり》。常連客はジグさんのみ。あとは、たまにくる旅人とか。私のシフト中の客なんて片手の指で足りるほどの数だ。よくそんなんで経営が成り立つなと思うが、一店員にできることは、数少ないお客様に丁寧な接客をすることぐらいだ。

ちゃらっちゃら、ちゃらちゃららん。

バックヤードから入荷されたお弁当の入ったコンテナを台車で持ってきたタイミングで、本日一人目のお客さんが来た。

毎回のことなのだが、いつの間にか商品がバックヤードに搬入されているのが不思議で仕方がない。一体、誰が、いつ？　と思わなくもないが、その辺は気にしないでおく。今、重要なのはお客さんだ。

「いらっしゃいませ」

いつもの通りそう言ってから、私は棚にお弁当を並べていく。あとはお客さんの買い物が終わるころにレジに行けばいい。

やはり来客が少ないせいか、日本と比べて弁当を少なく入荷しているようだ。

「おい」

お客さんから珍しく声を掛けられた。

「はい」

弁当を持ちながら笑顔でそちらを見る。すると、無駄に筋肉ゴツゴツしい男がこちらを見下ろしていた。アラフォーだろうか。背は店長と比べると随分低かったが、身長一五五センチの私からすれば見上げることになる。一七〇センチはあるだろう。

「どうされましたか?」

腰に帯剣あり。

笑顔を見せつつも、それだけは確認する。こちらの人間は、さすがに異世界だけあって、武器を装備している人間が多い。目の前が森だからだろうか。RPG《ロールプレイングゲーム》の冒険者風の装《よそお》いをした客が多いのだ。

「金目のものを出せ」

「……」

いきなり剣を抜かれた。キラリと光る刃に動揺する。

それは当然だろう。物騒になったといえ日本の片田舎である私の地元であれば、こんなことはまずあり得ない。

せめてもう一人ぐらい店員がいたら、この恐怖も半減しただろうに、今このコンビニには私しか店員がいなかった。

コンビニ強盗も増えてきた昨今のコンビニ事情では考えられない職場環境だが、店長曰《いわ》く、なかなかいい人が見つからないそうだ。店長の嫁を探すレベルで困難なんだろう。店長、滅びればいいのに。

「おい、お前……」

店長の嫁探しに思いを馳せていたら、強盗犯から話し掛けられた。しかも先ほどより近くに剣を突きつけられる。やだ、怖い。

当然ながらこの剣は模造刀ではない。こちらの世界の治安がどんなものか知りたくもないが、帯剣が許されている時点で、人の命は日本より軽いのだろう。

冷静に判断しているように見えるだろうが、実は全然そんなことない。恐怖でおしっこ漏れそうだ。

たまにお子さんとかが、トイレを我慢できなくて漏らしてしまうことがあるのだが、さすがに店員が漏らした案件などうちでは一回もない。第一号になんてなりたくはない。

(どうするんだっけ)

頭の中で確認するのは、強盗が来た時の対処法。私のいた日本のコンビニでは、人命最優先で、お金を要求されたら素直に渡してもいいことになっていた。

だけど、ここでは少し違う。

声が掠《かす》れやしないか、きちんと叫べるか、分からない。でも、そうしなければ私の命が危ない。

私はスウッと息を吸い、吐くと同時にある言葉を発する。

「キャア、タスケテー」

ほぼ棒読みなのは、キーワードが防犯システムに正しく認識されやすくするためだ。それらの言葉を紡《つむ》ぐと、コンビニの四隅にある防犯カメラが起動する。他にも〝悲鳴〟や〝泣き声〟もキーワードになるらしい。

突如、黒い触手が勢いよく強盗犯めがけて伸びた。

言わずもがな、前回登場、防犯カメラ触手のボウちゃんだ。実は、この男が抜刀した時にはすでにウネウネしていたのだが、様子を見ていてくれたのだろう。本当に触手とは思えないほど空気を読む子だ。

「うわあッ！」

背後から触手にからめとられた強盗犯は、剣を床に落とした。そして宙釣りになり、四肢をボウちゃんの触手で固められて身動きが取れなくなる。一本だけだと思ったボウちゃんの触手は、出そうと思えばいくらでも出せるようだった。

触手に筋肉男……シュールだな、おい。

「な、何だ、これは！」

強盗犯は必死に動こうとするが、それは無理な話だろう。

「その触手、伝説の触手ギリギンテですから」

「つな……！」

絶句する強盗犯。王子の言葉をそのまま言っただけなのだが、どうやら本当にボウちゃんは凄い触手だったらしい。

強盗犯が完全に拘束されて、私はようやく一息ついた。

「魔法もこのコンビニの中じゃ使えませんよ」

そう言いながら、床に落ちた剣を回収しようと柄《つか》に手をかける。重い。本物の剣だ。プラスチックや玩具とは全く異なる重さだった。だけど、持てない重さではない。そのはずなのに――

ガシャン。

剣が床に落ちる。自分の手を確認するといつも以上に真っ白で、カタカタと小さく震えていた。

ああ、私、自分が思っている以上に動揺している。不覚にも背中は冷や汗でビッショリだった。

だが、必死にそれを表に出さないよう努めて剣を再度持ち上げると、台車の上に置いた。

武器確保。あとで店長に処分してもらおう。

「離せ！　くそっ！　殺すぞ！」

強盗犯はギャーギャーと騒いでいるが、何もできない状態で騒がれても怖くありませんから。

散々、私に罵詈雑言《ばりぞうごん》を投げかけていた強盗犯だったが――

「ぐあっ……！」

と、いきなり変な声を上げて喋《しゃべ》らなくなった。

「へ？」

目を上に向けて、私はまた下を向いた。

私は何も見ていません。

「ぐっ……あっ……」

強盗が変な声を上げて苦しんでいる。

とても優秀なボウちゃんは、盗賊の口に触手を突っ込んでいました。

うわあ……

おじさんの触手プレイって誰得だよ。しかもどうひいき目に見てもイケメンじゃなかったし。イケメンだったらありなのかと言われると微妙だが、触手プレイなんて『※ただしイケメンに限る——』の最たるものではないだろうか。あ、店長なら可愛い女の子を期待して触手にしたのかもしれない。あの店長ならやりかねない。だけど、盗人《ぬすびと》に可愛い女の子なんていないだろうに。

返す返すも、どうして〝触手〟！

「……！　……っ！」

強盗犯は必死に何かを話そうとしている。だが、私は何も見ていないし、何も聞こえない。

「よし、お弁当を並べ直そう」

私は日常離れした現実から目を逸らすために、あえて日常の行動をすることにした。おっと、あやうく弁当を取り落としそうになったが、大丈夫。

ちなみにこのコンビニの賞味期限切れ食品は、全てこのボウちゃんが食べてくれる。どこから食べるのかというと、あの防犯カメラのレンズ部分が真っ黒になり、大きくなって口になるのだ。ボウちゃんはそこに廃棄弁当を放り込んで美味しそうにムシャムシャと食している。餌《えさ》代がかからない上に、ゴミ処分にも困らなくて、とてもエコロジー。

かつ、防犯もしてくれるなんて、何て使える触手なんだ！

そうしてボウちゃんを賞賛しつつ弁当を並べていると――

ちゃらっちゃら、ちゃらちゃららん。

と、いつもの軽快音と共に、「よぉ！」とジグさんが入ってくる。この人、こんなに毎日コンビニに来ているけど、本当に仕事しているのだろうか。不思議で仕方ないが、外の世界のことを聞いて変なフラグを立てても嫌なので、私は何も聞いていない。

それはともかく、今は知人の存在は心強い。不覚にもホッとしてジグさんに駆け寄る。

「お、きちんと捕まっているな」

ボウちゃんの方を見ながら、ジグさんがそう言った。その瞬間、ボウちゃんがいる方から変な声が上がる。

「ふぁ……！」

「あ、喰われた」

実況中継しないでほしい。

店長曰《いわ》く、強盗犯などはボウちゃんがしかるべきルートでもって、異世界側の、警察みたいな組織に転送してくれるらしい。

だけど、今、「喰われた」ってジグさん言わなかったか？

私はいつも、ボウちゃんがレンズから廃棄弁当を食す場面を見ているけれど――

「……」

「喰われた」ってことは、同じ口？　同じ口なの？

少し考えてから、私は考えることを放棄した。人間には開けなくていい扉がたくさんあるはずだ。決して、食べてはいない――はずなのだ。たとえ、コンビニ弁当を処分する時と同じように「喰われた」としても、そこはきっと店長の魔法とやらでなんとかなっているのだろう。

……うん、そう思おう。

「ソラちゃん、大丈夫⁉」

店長が、慌てた声を出して事務室から出てくる。おそらく、ボウちゃんが反応したことに気づいてこちらの店舗に来たのだろう。

日本のコンビニで働いていた時も、事務室に入った店長がそのまま行方《ゆくえ》知れずになることがたまにあったのだが、それはこういう理由だったのか――と、今ようやく理解した。バイト仲間の間では七不思議だったのだが、その理由が異世界に行っていたとか、知りたくなかった。

「早く元の店舗に戻せや、変態店長」

「心配して駆けつけたのに、開口一番がそれっ⁉」

「ボウちゃんが、いい仕事してくれたから大丈夫ですよ」

「おう、俺も見ていたが、なかなかの食いっぷりだったぜ」

ジグさんがニタニタしながらそう言ったが、食べてないですから。

転送ですから。――多分。

「第一、魔法でなんとかしてくれるなら、もっと他の手はなかったんですか？　手は手でも触手って、ちょっと引きます」

「ソラ、諦めろ。アレイの変態は昔からだ」

ジグさんは店長と幼馴染《おさななじみ》というポジション故《ゆえ》に、どうでもいい店長情報をたまに教えてくれる。本当にどうでもいい。

店長は「容赦ないっ……」と半泣きになりながらも、私の体を頭からつま先まで眺めて、傷がないことを確認すると、ふぅ、とため息を漏らした。

そんなに心配してくれるなら、元の店舗に戻してくれればいいのに。

とはいえ、ここの店員になるのは適性が必要で、それを持っている人がなかなか見つからないそうだ。その稀《まれ》なコンビニ店員に選ばれてしまった自分の不運さを私は呪いたい。

「いっそのこと、ジグさんを店員として雇えばいいのに。そうすれば私も元の店舗に戻れるし、ジグさんも毎日、おにぎり食べ放題ですよ？」

「店員が商品食べつくすコンビニなんて聞いたことないよ！　あと、このコンビニで働けるのは地球人だけなんだよ。そこら辺、何度も説明したよね？」

「はいはい聞きました。何度も言われなくても分かってます、変態店長」

「ねぇ？　いつまで変態つけるの？　俺の人格疑われるからヤメテ！」

「疑われるほどの人格、ありましたっけ？」

ニッコリと微笑みかけてやれば、店長は「ぐはっ」と呻《うめ》いて項垂《うなだ》れた。勝者、私。年齢と力では敵《かな》わないけれど、口だけなら私の無敗神話継続中だ。

「ホラ、ソラ。あんまりいじめてねぇで勘定してくれ」

基本、ゆっくりしていくジグさんだが、珍しく今日は早々に帰るらしい。促《うなが》されて私はレジに向かう。

店長は「あ、じゃあ、俺はこの台車片づけてくるね」と言って、台車を押してバックヤードに入って行った。

ピッ、ピッ、とバーコードを読み取っていくと、ジグさんが私の顔を見ながら言う。

「大丈夫だったただろう？」

意味深にジグさんがそう言ったので、「この野郎」と思わず口から出た。ジグさんは私を見下ろしながら、ニヤリと笑う。

「この店に強盗が入ろうが、絶対にお前の身に危険は及ばねえよ」

先日の王子来訪の時、「こんな客も来ない森の中で、強盗なんて来るもんですか」と言ったのは私だ。その言葉をこの傭兵《ようへい》はしっかり聞いていたらしい。

だけど、そのすぐあとにコレとか。

ああ、そうですか。あんた、今日、強盗が入ってきたのを見ていたのか。だったら、私だって言い返してやろうじゃないか。

私はジグさんの買ったおにぎりを袋に詰め込むと、ジグさんに手渡した。そしてその目を見て、言う。

「いつも、ありがとうございます」

「……」

ジグさんは眼帯に隠されていない片目をわずかに見開く。

「それは何に対しての『ありがとう』だ？」

「ん～。いつもこのコンビニの外を掃除してくれる『ありがとう』？」

ジグさんの目がさらに見開く。私の予想はやはり正解だったらしい。

強盗なんて来ないと話した直後に強盗が来るなんて、タイミングが良すぎる。

これは一種の〝防犯訓練〟だ。

私が万が一、強盗に遭っても、この店の中では安全だということを証明する訓練だったのだろう。

もちろん、あの強盗が訓練のために用意されたわけではない。だって駆けつけてきた店長は本当に心配そうに私を見ていたし、あの強盗犯も演技には到底思えなかった。

だけど、そんなに簡単に強盗がやって来るのか。偶然？　そんなことはない。答えは簡単だ。頻《ひん》繁《ぱん》に来ていたけれど、このコンビニにたどり着けなかったのだ。

つまり、今まで来ていたはずの強盗という招かれざるお客さんは、コンビニに入る前に掃除されていたと考えられる。

毎日、来店するガタイのいい傭兵《ようへい》さん。何の仕事をしているのか分からなかったが、これだけ来るということは、このコンビニに何かしらかかわりがあるに違いない。しかも元々店長の顔見知りだ。

この方程式、間違ってないよね？

私がジグさんを見上げると、彼はポンポンと大きな手で私の頭を叩く。

「礼ならアレイに言え」

正解ですか。まあ、今回強盗を招き入れたのはジグさんの独断っぽかったけど、彼がこのコンビニを守ってくれることは間違いないようだ。

そうすると、また別の疑問が浮かんでくるのだが、今は、それはあえて触れないでおこう。嫌な予感しかしないから。

ジグさんは、いつものチャラい雰囲気はなく、まるで妹か子供みたいに私を扱ってきた。そういう時、わずかだが眼帯のない左目の目元に笑い皺《じわ》ができて、本当に笑っているんだな、ということが分かる。

「そんじゃ、また来るわ」

「はい、ありがとうございましたー」

今度のありがとうは店員のマニュアル言葉だ。

そうして、ジグさんはおにぎりも食べずにコンビニを出ていった。

早々と出ていったのは、このコンビニ周辺を警邏《けいら》するためなのだろう。あの強盗犯が単独犯とは限らないのだから。

あー、あんなに筋骨隆々《きんこつりゅうりゅう》でなければ、ときめいたりもしそうなのに、つくづくこの世界の男性は私の趣味に反していて残念すぎる。

「ごめんね、ソラちゃん。大丈夫だった？」

台車を片づけた店長が、心配そうに戻ってきた。バックヤードにまで今の会話は筒抜けだったのだろう。

「もうこんな怖い思いはしないと思うから」

そう言った店長の顔は少し怒っていた。私に対してではないことはすぐに分かる。

「いや、またこんな思いしたら速攻で辞めてやりますよ」

この一件でつくづくこの世界が私の世界とは違うと思い知らされたが、危機意識を持つことも兼ねての防犯訓練だったのなら成功だ。でも、実地ではやめてほしい。

「怖かったよね？」

店長が心配そうに私を見てくる。

「怖くないですよ」

私は下唇を少し噛んでから、しれっと嘘を吐《つ》く。

「そうか、ソラちゃんは頑張り屋さんだ」

そう返す店長の言葉は、この五年でよく聞いてきたものだ。私が強がる時、店長はいつもそう言う。私が素直でないところは、すっかり店長にお見通しらしい。

「ごめんね、怖い思いさせて」

「だから、怖くなかったです」

たとえ、足がまだ小刻みに震えていようが、そんなことを店長に悟らせてなるものか。「怖かったです」って半泣きで男に縋《すが》れるほど、私は素直女子ではないのだから。

「これ飲んで、ちょっと休憩しようか」

店長がそう言って、ホットコーナーからコーヒーを二缶持ってくる。

「二〇〇ラガーです」

すかさず私がそう言うと、店長は「了解」と言いながら、お金は払わなかった。まあ、急いで日本から駆けつけたのでこちらのお金を持っていなかったのだろう。くれぐれもあとでお金を入金しておくように告げてから、二人で熱めのコーヒーを飲んだ。

コーヒーのプルタブまできちんと開けてくれたって、こんな安いもので私は流されないからな！

だけど、強盗は二度と入らないでほしい。もし入ったら、ボウちゃんに食べてもらう――間違えた、しかるべき組織に転送してもらおう。

「あのね、ソラちゃん。あの触手、入り口は同じだけれど、きちんと食べ物とそれ以外で出る場所は違うからね」

「じゃあ、今度店長が食べられてそれを証明してください」

「……」

「黙るな」

異世界コンビニは今日も平和だ。多分。

3　異世界コンビニって出会いないの？

私の休みは土日ではない。立地条件によって忙しい曜日が異なるのだが、住宅地などでは土日でも人が入るし、会社近辺なら平日の方が人の入りが多い。あと、天気にも左右される。

まあ、森に囲まれた異世界コンビニに、かき入れ時なんてものは当然存在しないのだが。

ここに移ってからも、私の休みに土日連休というシフトはない。月の休みは計八日前後だ。

学生の頃は、それほどシフトを入れていなかったが、今ではガンガンに入っている。何故なら、学生時代には納入延長されていた国民年金の支払いがあるからだ。学生でなくなった私は、たとえ無職でも払っていかなければならない。働いたら働いたで社会保険やら雇用保険加入の義務が生じてしまうが、稼がなくてはならないのだ。

それに親に対してだって、微々たるものだが、毎月一万円の食費を収めている。それは、就職浪人する時に親と約束したことだ。

最近、就職も決まらないフリーターということで、何となく実家に居づらくなってきたなんて絶対に思うものか！

と、少し脱線したが、そんなわけで一般の社会人とは休みが合わなくなる。

「ごめん、飲みに行けない」

自室のベッドで私は電話を受けていた。電話の相手は高校時代からの友人だ。

「せっかくの合コンなのにぃ」

今年、晴れて地元のメーカーに就職した友人は残念そうな声を上げるが、無理なものは無理だ。

「だってその翌日も仕事だし」

「バイトなら休んでもいいいんじゃない？」

くそ。なんでそんな安易な考えの友人が受かって、生真面目にバイトしている私がことごとく面接試験に落ちるのだろうか。

「顔か、やはり顔なのか！」

電話の向こうの友人は、ひいきを抜きにしても可愛い。ふわふわカールのゆるゆるガールだ。色んな意味でな！

「奏楽ちゃんは一言余計なんだよ」

ゆるゆるの友人だけど、それでも言うべきことはきちんと言ってくれる冷静さを持っている。今もしっかりきっかり私を分析してくれる。毒舌な私と、ゆるふわだけど言うべきことは言う彼女は、色々あれど仲良しなのだ。男関係は両極端であっても。

「コンビニって出会いないの？」

合コンに誘っておきながら、そんなことを聞いてくる友人に、私は「ない」ときっぱりはっきり断言する。

「でも、男性のお客さんとか来るでしょ？」

今の職場で来る連中は、皆屈強な戦士の体を持つ輩《やから》ばかりなんですが。全くもって範疇外《はんちゅうがい》なのですが。

言いたいことはたくさんあったが、とりあえず無難に答えることにした。

「お客とっていうのはちょっと……」

「じゃあ、同じ店員さんとか……。あ！　店長さんとは相変わらず仲いいんでしょ？」

「あ？」

聞き返した「あ」は、間違いなく濁点付きの「あ」だ。やめてください、気持ち悪い。

「あの店長さん、イケメンだよねぇ」

またか、と思った。この友人もそうなのだが、コンビニに遊びに来た友人は皆こう言うのだ。

「店長さん、イケメンだね」と。

まあ、五十歩譲ってイケメンだとしよう。だが、それがどうしたというのだ。

「前から言っているけど、私はほっそりした優しげな人が好きなんだよ」

身長なんて高くなくていい。男臭くない感じがいいのだ。

「まあ、好《この》みは人それぞれだけどね」

と言ったあと、「でもね」と悪友はクスクス笑いながら言葉を続ける。

「店長さんのこと話してる時の奏楽ちゃんは好きだよ、私」

この小悪魔め。同性の私まで誑《たぶら》かすとか、どんな百戦錬磨《れんま》だよ、それ。自分のことを好きだと言われて、文句を言い返せるか。

「はいはい、分かりました」

「まあ、店長さんと仲良くね。また合コン誘うから」

そして電話を切って、私はベッドに突っ伏した。なんだかドッと疲れた気がする。

「あ――」

間延びした声を上げ、顔を少しだけ横にずらしてカレンダーを確認する。まだ九月。もう九月。

就職先は決まらない。

果たして私はいつまであのコンビニで働くのだろうか。

※　※　※

恋人だって作ろうと思えば作れるはずだ！　だけど、この異世界コンビニ、ありがたくもないことに体格のいい男子しかいないよ！　戦う筋肉男とか望んでないし、店長しているのに腹筋が割れてる男もごめんだよ！

「ほら、想像してごらん？　クーラーをつけなくちゃいけないほど寝苦しい夜に、ベッドの隣で眠る男が、筋肉モリモリの男だったら……！　無駄な熱量のくせに、そういう男に限って、きっと腕枕とか強要してくると思うんだ。ウザいし、蒸《む》れるし、暑いと思う。ちょっとでも動けば熱を発する筋肉って、本当に暑苦しい。クーラーもエコ温度じゃ、たぶん筋肉達磨《だるま》には効かないだろうし。女の子は基本、体を冷やしちゃいけないのに、夏の夜にガンガンクーラーかけなくちゃいけない相手を恋人にしたいと思うか？　私の答えはノーだ」

「……ええと、色々突っ込みたいところが多すぎなんだけど、とりあえず俺はそんなに筋肉達磨じゃないから。あと、初めからベッドシーンを想定しているソラちゃんが欲求不満にしか思えないのは、俺の気のせい？」

「誰も店長を相手として想定してない。図に乗るな」

「図になんか乗ってないよ！」

「ピチピチの処女にセクハラぶちかますな、このエロ店長」

「うわぁ……、そういう絡みづらいこと暴露されると困るんだけど」

「店長みたいな男って処女厨《ちゅう》のくせして、処女って処女に言われると引くよね？　馬鹿なの？　馬鹿なんでしょ？」

「ゴメンナサイ、もう絡まないから仕事してください」

「今、私がしているのは何ですかぁ？　見て分からないんですかぁ？」

バックヤードから台車に載せて運んできた弁当を並べながら、私はそう問う。すると隣のパン棚の在庫確認をしていた店長は、その無駄に大きい体を縮こませる。

「俺、そんなにソラちゃんを激怒させるような酷いこと、言いましたか？」

そう問われたが、三十路《みそじ》男のご機嫌伺《うかが》いほど気持ち悪いものはないと考える私には当然通じない。

いつもより五割増しで言い返しがキツイことに、昨晩の電話が関係していることは、もちろん言わない。

「ソラちゃんって本当、俺に容赦ないよね……木村君にはもっと優しくなかったっけ？」

「彼は白魚《しらうお》まではいきませんがほっそり繊細男子ですから。そういう男の子ばかりの世界になればいいのに。この世界を征服したら、そんな繊細少年・青年だらけの世界に変更できませんかね？」

「ソラちゃん、この世界に来ても、お約束のチート能力なんて君にはないからね……くれぐれも外に出ようとはしないでよ」

途中まで冗談だったのに、最後は真顔で店長はそう言った。

チート能力がないのは残念だが、たとえあったとしても二度と日本に戻れないんじゃ、私にとってそれほどの魅力はない。

「出る気なんて店長の毛根ほどないですよ」

「待って、俺の頭、ハゲてない！」

「え？　後ろ、気づいてないんですか？」

店長が大きく目を見開いて自分の後頭部を触り始める。

「まあ、嘘ですけど」

「嘘なのかよ！　ナイーブな年頃なんだから、そういう嘘は冗談でもやめてくれる？」

「私はナイフな年頃だから、全てを切り裂きたくて仕方ないんだ……！」

「何、その中学生みたいな発想！　うまい風に言ってるけど、全然反省してないじゃないか！」

店長がキャンキャンとうるさいので、私は「ハッ」と鼻で笑ってみせる。

「そこら辺、うまくかわす大人の包容力がないから嫁が来ないんだよ」

「もう、ソラちゃんの中では俺に嫁が来ないことはネタになっているよね？　それ、本当、俺としてはネタにできないくらい、切実な問題なんだけど……！」

「あ、そういえば店長ってプルナスシアの人って言ってましたけど、こっちの世界にも日本人と欧米人みたいなハーフってあるんですか？」

「俺の嫁問題はスルーかよ！」

スルー案件以外の何ものでもないだろう。いちいち怒るなんてカルシウムが足りないんじゃないだろうか、店長。

そっとドリンク棚からヨーグルト系ドリンクを差し出すと、店長は無言で自分のエプロンポケットに入れやがった。やはりカルシウムが足りなかったらしい。

「一三〇ラガー」と言うと、店長は疲れた顔で「はい」と返事した。売り上げに貢献するなんて、私、偉い。

「で、店長はハーフなんですか？」

「え？『で？』っていきなりじゃない？」

「いきなり会話が変わるのはいつものことじゃないですか」

私がしれっと言い放つと、店長は「ハイ、ソウデスネ」と頷いた。

その顔は、やはりどちらかというと日本人寄りだ。

ジグさんや王子を見ると完璧西欧系の顔立ちだったのに、店長はどこか薄めの日本人寄りだったから気になっていたのだ。もしかしたら、日本人に近い人種もいるのかな、と。

そうしたら、もっと筋肉の薄い人もいるのではないかという期待が裏にあったことは内緒だが、店長から返ってきた言葉は思いがけないものだった。

「俺はこっちの人間と日本人のハーフだよ」

仕事をしていた手を止めて、まじまじと店長を見上げれば、店長は少し苦笑いを浮かべた。

「俺の母親がこっちの世界に来て、親父と結婚したんだ。だから、俺はどっちの世界にも行けるの」

つまり、親の遺伝子がないと両方の世界は跨《また》げないということか。私がこのコンビニから外に出たら戻れないのに、店長だけ自由に行き来できるのにはそんな理由があったとは。

意外に矛盾《むじゅん》しない理由に感心した。出鱈目《でたらめ》な魔法を使うから、店長だけは治外法権みたいなものなんだと思っていた。

「え？　お母さんが日本人ってことは、こっちの世界に来ているなら……」

「そうだね。帰れなくなったね」

サラリと告げられた事実は、ちょっと私には怖かった。説明は受けていたけれど、実際にそうなった人がいると知ると現実味が増して怖い。

店長はそんな私の様子に気づいたらしく、ポン、と頭に手を乗せて優しく言う。

「今じゃ俺と妹もいるし、こっちの世界にも慣れちゃったから、ケロッとしているよ。うちの母親は」

「……そうですか」

「まあ、ソラちゃんの場合、コンビニから出ない限り、戻れなくなるっていうことはないから安心して」

「……今の店長の言葉のどこに安心できる要素があるだろうか。否《いな》、ない」

「ちょっとしおらしくなったと思えばこれだもんなぁ……」

店長はまた苦笑いを浮かべて、私の頭から手を離した。私は少し乱れた髪を撫でつけながら、店長に背を向けて弁当並べに勤《いそ》しむ。

何となく微妙な空気になったのを払拭したのは、定番の機械電子音だった。

ちゃらっちゃら、ちゃらちゃららん。

「いらっしゃいませー」

いつも通り声を上げて、来店してきた人物を確認する。ジグさんかと思ったら違った。

「うわあ……」

思わず声を出してしまったのは許してほしい。だって、この世界のお客さんで〝女の子〟を初めて見たのだから。

どうやらこのコンビニは、森の中という場所柄《がら》、魔物がいるらしく、普段はゴツゴツした強面《こわもて》の男性客ばかり来る。女性もたまに来るが、兵士っぽい出で立ちの人が多く、申し訳ないが〝可愛い女の子〟という雰囲気の人はいない。

しかし、どうしたことか。今、来店してきた女の子は、まさに可愛い〝女の子〟だった。

薄いピンク色のシンプルな貫頭衣《かんとうい》を着ている。それにしては体のラインが全く出ないシルエットなので、どちらかと言うと魔法使いのローブみたいだ。ただ、ローブのようにダボッとして見えないのは、胸元で切り替えしが入っており、大きなセーラー状の襟がついているからだろう。強《し》いて言うなら僧侶が着そうな服だ。着る人を凄く選びそう。

女の子はその可愛らしいピンク色に見合った、淡い水色をしたストレートの長い髪を持ち、綺麗な薄紫色の瞳が印象的だった。特に髪は、地球では自然に持ち合わせる人のいない色だったから、改めてここが異世界なのだと実感してしまう。

だけど、初めて来店してきた人にしては、表情がちょっと違った。こちらを見て、やけに驚いていたのだ。何だろうと首を傾げていると、お姫様みたいな女の子はこちらにやってきてペコリと頭を下げた。

「初めまして。一号神官ラフレです」

そう彼女が自己紹介をする。

「あ、初めまして」

私も同じように自己紹介しようとすると、

「彼女がソラさんだよ」

と店長が口を出してきた。普段はしない呼び方を不審に思い、私は店長の顔を見上げた。

「お前、誰だ」

思わず口にしてしまったのも仕方ない。何故なら店長の顔が凄く真面目だったからだ。いつものヘラリとしたしまりのない顔ではない。ああ、この人ってこんなに端整な顔だったのかと驚くような、大人の顔をしていた。

店長は私の暴言に苦笑しながらも、説明してくれる。

「彼女は神殿に勤めている神官だ。だけど、ナナナスト国の第七王女でもある」

「おお、本物のお姫様ですか」

ラフレ姫。いいね、姫って称号がピッタリくる。私がニコニコしていると、ラフレ姫はもう一度、私に微笑み返してくれた。お姫様というと、上品で大人びた雰囲気の姫や、愛され系の可愛らしい姫を想像するが、ラフレ姫は間違いなく後者のタイプだ。

「今日はこの書簡をアレイ一号神官にお渡ししたく参りました」

ラフレ姫が少し緊張した面持ちで店長に筒状の書簡を渡す。どうやら彼女は神殿というところからのメッセンジャーらしかった。こんな女の子一人、しかもお姫様を物騒な森にあるコンビニへ派遣するなんて、神殿とやらは怖いな――と思ったが、それよりも聞きたいことがある。

「え？　店長も神官なの？　しかも、偉い人なの？」

お姫様がこんな敬語で話すし、一号ってなんだか強そうだ。

「まあ、地位的にはそうだけど、そんなに偉くないよ」

と、店長がサラリと返す。ラフレ姫が何か言いたげなところを見ると、〝そんなに偉くない〟ことはないようだ。

「ああ、急ぎの返事が必要みたいだね。ちょっと事務室で書いてくる」

口早にそう言うと、店長は事務室の方へと引っ込んでいった。

おい、初対面の私とラフレ姫を残していくなと思ったが、悪い子でもなさそうなので、とりあえずセールスしてみた。

「どうぞ、店長がお返事を書き上げるまで、中を見ていってください」

だってこのコンビニ、お客少ないし。女性客が買う商品と、男性客が買う商品ってやはり異なる。コンビニには女性客をターゲットにした商品がたくさんあるのだから、是非とも見てほしいものだ。

そして買ってもらえたら、なお嬉しい。やだ、私、コンビニ店員の鑑《かがみ》だな。

「凄いですね……日本のお店を模したものだとは聞いていたのですが」

ラフレ姫は素直に中を見て回ってくれる。お姫様なのに本当に素直な子だ。私も興に乗って、いつもはしない接客なんてものをしてしまう。

「ここら辺のフルーツ系ドリンクは女性にも人気なんですよ。コラーゲンも入っているので」

まず男性陣は買っていかない品だが、女性客に人気の品を指し示すと、ラフレ姫は「そうなんですか」と言われたままにそれを手に取った。そして優雅にカゴにドリンクを入れていく。一本、二本、三本、四本、五本、六本……え、何本買う気だ、お姫様。

しかも、「他にもオススメありますか？」と聞いてきてくれるということは、さらに他の商品も購入してくださるようだ。なんて素直なんだ。

「ええと、食べ物系の他にも化粧品とか、色々オススメはあるんですが、とりあえず今日はザッとだけ見て、また買いに来てくださると嬉しいです」

思わず逃げに走った私を許してほしい。だってラフレ姫、すすめたら全部買いそうな勢いなんだもの。さすがに、純真無垢なお姫様に、ゴリ押しでアレコレ買わせるのは忍びない。

「そうですか？　それでは今度また改めて、買い物に来ますね」

「はい、是非！」

そう言うと、ラフレ姫もニッコリと微笑んでくれた。その笑顔は全然裏があるように見えなくて、彼女の素直さが表れていた。

とりあえず、ぐるりとコンビニの中を一周して案内すると、ラフレ姫はドリンクの他にお菓子のグミを購入した。チョイスする商品も可愛いな、おい。とはいえ、ドリンク十本、グミ七個とか決して可愛い量ではないが。

「アレイ一号神官、こちらでは随分イメージが違うんですね」

会計中、ポツリとラフレ姫がそう言った。

「え？」

「先ほど、とても楽しそうに笑っていらっしゃったので、驚いてしまいました」

彼女が何度も頷きながらそんなことを言う。

「えっと――」

「神殿では、いつもあまり表情を変えない方なので」

なに、そのベタなキャラ設定。店長の真面目顔なんて、ほとんど見たことないのだが……否《いな》、バイトを始めた頃は店長も真面目キャラだったような気もする。ただ、いつの間にか店長は今のヘタレ店長になっていて、私と暴言吐き放題の関係になっていたのだが。

「ま、まあ、五年も一緒に働いていますからねぇ」

「それだけでしょうか？」

クスリと笑ったラフレ姫の目は好奇心旺盛《おうせい》な猫のようにキラキラしている。うお、やめてください。その、何かを探るような目は。

「ホラ、余計なこと言わない」

そう言って、店長が事務室から書簡を持って出てきた。変な詮索をされなくて、私は少しだけホッとする。店長を見上げれば、店長も自分のことを言われて照れくさそうだ。良かった、いつもの店長だ。

「ラフレ一号神官、これ、返信です。あと、いつでもお客として来てくれていいから」

店長の言葉に、ラフレ姫は柔らかに微笑みながら、「ありがとうございます」と書簡を受け取った。お姫様がコンビニのビニール袋を片手にって、凄いシュールだな、おい。

「それじゃ、また立ち寄らせていただきます」

そう言うと、ラフレ姫は軽快な退店音を店内に響かせて、帰って行った。

「女の子、いたんですね。この世界にも」

「そりゃいるでしょ」

思わず漏らしたぼやきに、呆れたお返事をいただいた。

「店長が結婚できないのは、女が少ないからってわけではないんですね」

「あのね、俺、結婚できないんじゃなくて、しないだけだから！」

少しムキになったようにそう言った店長を、私は無言で見上げる。

「な、何？」

動揺する店長。先ほどのラフレ姫に見せた大人びた顔は錯覚《さっかく》だったのかと思ってしまうような、相変わらずのヘタレ顔だ。

「……はっ」

思いっきり鼻で笑ってやったら、店長は相変わらずの情けない声を上げた。

「俺の顔見て、鼻で笑うって失礼すぎないっ？」

何を今更。それが、私と店長の〝立ち位置〟じゃないですか。

※　※　※

ちゃらっちゃら、ちゃらちゃらちゃららん。

毎度の入店音。ご来店ありがとうございます。

「よ、ソラ」

例の如《ごと》く現れたのは、ジグさんだった。そしてその背後には迷子王子とお供の人が二人いた。

「また来てやったぞ」

「いらっしゃいませー、ただ今、ポテト揚げたてでーす」

「ソラちゃん、揚げたてじゃないよね？　王子見た途端、販促するのは間違っちゃいないけど、人として間違っているよ！」

店長が何か私に言ってきたが気にしない。

「ム？　何か揚げたてなのか？」

やだ、この人、本当にチョロイ。

弁当の品出しを終えた私は、いそいそと台車をバックヤードに戻してから、興味津々にコンビニ内を見回す王子をレジの方へと案内する。

「今なら唐揚げ、もう一つ増量キャンペーン中です」

「そうか、なら、それを買おう。前回の金の卵、あれはなかなか良かった。特に一緒に入っていた食べられない人形。あんなに小さいのに精巧だとは。雷鳴《らいめい》のジグは素晴らしい卵を産むのだな」

頷く王子が嬉しそうに言った瞬間、私はさっと店長とジグさんの方へ笑顔を向ける。

(この人、私とタメ……？　おない年、だと……？)

思ったことは通じたようで、二人はそっと私から目を逸らした。

大丈夫か、王子の国。

「ハクサ殿下、間食はいけませんよ」

その時、王子の背後のお供B——ちなみにお供Aは先日のシールOKの人だ——が、やんわりと王子を注意した。

私はその声に敏感に反応してしまった。これは、もう、本能と言うしかない。

その声の方へバッと顔を向ける。

「うわぁ……」

店長が思わずといった感じに漏らした声は、聞こえなかったことにする。というか、聞こえない。

ジグさんの「ん？　どうした？」という声も、一切遮断。全部聞きたくない。この際、王子の、お供に言い返す文句も無音声にしてしまえ。

「こんにちは」

聞こえてきた声は、男性にしては柔らかく高めの声。

そして、その声に見合った、白金色《はっきん》の縁がある眼鏡をかけた、白いつるりとした顔。スラリと細い体。王子やお供Aみたいにガチャガチャした鎧《よろい》ではなく、まさに〝魔法使い〟といった風体の男性がそこにいた。

「コンビニって出会いないの？」って言っていた、ゆるゆるガールの友よ。

その言葉に今ならこう答えよう。

「出会い、キタ――――！」

グッ、と拳《こぶし》を握りしめた私を見ながら、店長は小さくため息を漏らしていたけれど、そんなことは知ったこっちゃない。

「から揚げ、今なら一袋、増量キャンペーン中です！」

「いやいや、一個だから！　何、勝手に一袋に増やしてんの！」

店長のツッコミが今日ほど邪魔だと思った日があったろうか。――いや、常にそうだった。

反語の内面漫才もできないほどの店長の残念っぷりを、しみじみ実感する。

「今、絶対、俺に対して失礼なこと、思ったよね？」

店長が無駄に鋭い勘で突っ込んできたが、そんなことは今はどうでもいい。

「王子、この前とお供の方が一人違いますね？」

「直接じゃなく、王子から攻めるなんて意外に慎重派だな」

「あれがソラちゃんの手なんだよ。あの子、ロールキャベツ女子なんだよ。マジ、こえぇよ」

王子たちの後ろで、ジグさんと店長がブツブツ何か言っているが、そちらは無視する。今、私は彼《か》の人の情報を収集するのに全神経を集中させなければなりませんから！

王子のお供Aはムキムキマッチョなんだけど、白百合《しらゆり》の花のように王子の傍に控えているお供Bは、ドンピシャで私の好《この》みだった。

ジグさんの赤髪とか、王子やお供Aの金髪とか、店長の茶金の髪とかは、結構日本でもいたのだが、お供Bの髪は、きらきらと輝くプラチナグリーンだった。眼の色もそれに合わせた翡翠《ひすい》色で、肌もしっとりと綺麗な乳白色だ。しかも眼鏡。白金《はっきん》色の縁あり眼鏡。この世界にも眼鏡があったのかと思ったが、それよりも細面《ほそおもて》眼鏡男子……！

あー、私、男の人の体型描写と容姿、今までで一番頑張っている。でも、何度描写しても惜しくない。

それくらい好みです……！

「む、この者は余の近衛《このえ》騎士だ」

「ジーストと申します」

惜しい！　名乗ってくれたのはお供Aの方だった。いや、あなたはこの前会ったじゃないですか。

まあ、生暖かい目で王子を見守るあたり、私に通ずるものがあるので、今度からはジーストさんと呼んであげよう。王子の名前は覚えてないけど、王子は王子だからいいよね。

「ナシカと申します。近衛魔法士をしております」

ナシカさん、はい！　覚えました！

丁寧に名乗ってくれたナシカさんは、どうやら騎士ではないらしい。この世界のことはよく分からないが、たぶん魔法士という職業なんだろう。魔法使いみたいなものなのかな。

そうだよね。魔法使いといえば、こんな感じのほっそりとした美青年でいいと思う。

なのに、うちの三十路《みそじ》独身、残念店長ときたら……

「ソラちゃん、何その残念そうな目！　今、俺を見てガッカリする要素、あった？」

「お前の全部がガッカリなんだろうな」

ジグさんが絶妙に私の内面を語ってくださった。やはり彼はツッコミ要員として欠かせない。

「今日はその、カラアゲとポテトを所望する」

「ハクサ殿下、間食は駄目だと……」

「ナシカ、五月蠅《うるさ》い。こんなもの、間食にも入らない。夕餉《ゆうげ》もきちんと食べるから、買え」

「王子様、ナシカさんを困らせちゃダメですよ。なので、今日はこちらのクジをやってみましょう！」

「ん、何だ？　この四角い箱は」

「中に入っているクジを引くと、その後ろの棚にある商品が当たりますよ」

王子は背後の棚を見て、そして多分、目をキラキラさせたのだろう。

「これは凄い！」

上げた声が、ほぼ歓声だった。

「この人形はとても精巧だな！　騎士なのか？　虫の仮面に変わった装甲だ」

舐めるように箱の中の人形を見つめる王子。

「それはですね、日本の有名な、仮面ら――」

「ソラちゃん、それ以上は言わないで！　毎回、君、ギリギリだよ‼」

店長が焦って私の口を塞ごうとレジカウンターにやって来たが、私はスッと身をかわす。

「言いませんよ。特に言ったところで王子たちは分からないと思いますし。それより、暑苦しいから触らないでください。変な誤解されたら困るじゃないですか」

「ソラちゃん、俺、本当に泣きそう……」

項垂《うなだ》れた店長の横で、ジグさんがさすがに可哀想だと感じたのか、ポンと肩を叩く。

「気にするな。お前が暑苦しいのはいつものことだ」

あ、むしろ、抉《えぐ》った。

店長たちのコントは置いといて、王子は大変、あの人形がお気に召したらしい。

「余はこれを所望する。いくらだ？」

「一回、五〇〇ラガーです」

そう言って箱を突き出すと、王子は嬉々《きき》として中から一枚のカードを取り出した。私はそのバーコードを読み取り、ジーストさんにお会計を促《うなが》す。

「すいません、一〇〇〇ラガーでお釣りありますか？」

見せられたコインは金貨。こちらは紙のお金がないらしいので、それが千円札のようなものだという。ちなみに単位以外、値段は日本のコンビニと変わらないが、だからと言って、お金の価値が同じとも限らないらしい。異世界に興味がないので、その一〇〇〇ラガーでどれくらいのものが買えるのか知らないけれど。

「大丈夫ですよ、五〇〇ラガーのお返しです」

「ナシカ、受け取って差しあげて」

お金を出したのはジーストさんなのに、わざわざナシカさんに受け取るように指示してくれるなんて……どうしよう、ジーストさんが筋肉マッチョでなければ惚れるのに、とても残念だ。

とりあえず、厚意は喜んで受け取ります！

「ナシカさん、どうぞ」

「はい、ありがとうございます」

差し出されたナシカさんの、白くほっそりとした白魚《しらうお》の手に左手を下から添えて、その掌《てのひら》にそっとお金を置く。

「あぁっ！　確かにバイト初期の店員はその手渡し方を指導されるけど、ソラちゃん、最近、両手渡しなんてしてなかっただろうっ！」

店長の口うるさいツッコミは華麗にスルーする。いちいち反応していたら、多分、ウザさで店長の頭をスキンヘッドにしたくなる。

「よし、ではこの人形をもらっていくぞ！」

王子が人形の箱に手をかけたので、私は慌ててそれを止めた。

「王子、すみませんがE賞です」

ペリ、と剥がされたカードの中に書かれていたのは、残念ながらE賞。王子に渡せるのはA賞であるその人形ではなく、ほぼ末等扱いのクリアファイル二枚セットだ。よりによってクリアファイル。よしんばこちらの世界でも書類まとめに使えるとしても、果たしてこの王子に机仕事なんて与えられているのだろうか。

「……」

あ、凄く不満げな顔をしている。この王子、こんなんで本当に大丈夫なんだろうか。

思わず店長とジグさんの顔を見たあとに（当然、視線は逸らされた）、ジーストさんの顔を見ると、ジーストさんは筋肉にしては爽《さわ》やかな笑顔で、「大丈夫☆　第五王子だから」って目で語ってくださった。

王子の上の四人が優秀なんですね。よかったね、王子の国、上に四人も王子がいて。

「も、もう一度……！」

王子がリベンジを要求してきたが、それをジーストさんがやんわりと制する。

「王子、こういうものは一度につき一回と相場が決まっているんですよ。無暗《むやみ》に買い占めるのは、これを欲しがっている他の者（子供）の、多くの機会を奪うことになります」

今、〝子供〟って言葉が聞こえた気がした。王子は「ぐぬぬぬぬ」と呻《うめ》いたあと、渋い顔で告げる。

「では、明日は？」

一晩寝たらリセットされるのか。本当に子供みたいだな。

ジーストさんが深く頷いていたので、それはOKらしい。王子はうむうむと頷くと、私に向けて指を突きつけ、「明日もまた来るのでA賞とやらをきちんと用意しておけ！」と宣言した。

「はい、皆さまお待ちしております。ナシカさんも是非、また来てくださいね」

ニコッと私が微笑めば、ナシカさんもニコッと笑い返してくれた。

はぁ、好《この》みすぎる……

ちゃらっちゃら、ちゃらちゃらららん。

軽快な音を立てて、帰って行った王子たちの後ろ姿……いや、ナシカさんオンリーの後ろ姿を凝視しながら、心を込めて「ありがとうございました」とお見送りした。

すると、店長がすかさずこちらにやって来る。

「ソラちゃん、露骨すぎだよ！」

「何が悪いんですか。普通の接客だったじゃないですか」

「いや、違う！　君、あのナシカって男のこと、凄く見ていたじゃないかっ！」

「好みの子がいたら、見ちゃうでしょ？　それとも、三十路《みそじ》独身残念店長は、おっぱいの大きな女の子がピタTで入店してきても、その胸を見ないと？　いや、あんた、日本の店舗で見ていたよね！『おぉ……』って小さく声、上げていたよね？」

「そ、それは……！」

「アレイは、昔から巨乳好きだったからなぁ……」

「ジグもしみじみ遠い目をしないでよ！」

店長の巨乳好きなんて情報、本当にいらない。デリートできるものなら今すぐしたい。

「はぁ、ナシカさん、超好《この》み……！」

私はナシカさんの姿を頭の中で反芻《はんすう》する。これでご飯百杯はいけるよ！

「ちょっ、駄目だよ！　世界が違うよ！」

「親が世界を跨《また》いだ異世界結婚なのに、偉そうに言うな」

「グハッ、親の恋路がブーメラン！」

ガクリ、と店長が項垂《うなだ》れる。その横でジグさんが顎《あご》を触りながら、興味深げに店長の後頭部を見ていた。

「アレイ、お前……」

何か言いかけたジグさんに、私はニコッとして声を掛ける。

「ジグさん、おにぎり、新発売のイカマグロ出てますよ！」

「何、新発売？」

目を輝かせて、いそいそとおにぎりの方へと行くジグさん。この人、本当におにぎり好きだな。

私は、まだ項垂れている店長の頭をポンポンと叩く。疲れた顔の店長が、少しだけ期待した目で私を見上げる。

労《ねぎら》いの言葉が欲しいのであろう。そんな店長に、私はこの日一番の笑顔で言う。

「店長、仕事しろや」

4　今更だけど、言葉ってどうして通じるの？

「いや、お嬢さん、お目が高い。この宝石はスプーサ国産出でね。虹色に輝くんですよ」

「まあ、そうなんですか」

コンビニ勤務歴五年、異世界コンビニ歴二週間の私だが、何でも売っているコンビニに物を売りに来られたことは初めてだ。

レジカウンターに広げられた鞄《かばん》の中には、普段滅多にお目にかかれない、金、銀、パール、ダイヤモンドといった類《たぐい》の貴金属類。プルナスシアにどういう鉱物があるのか知らないが、地球と似たような色合《いろあい》の宝石が私の目の前に広げられている。

先ほどやってきたこのお客さんは、商人さん。貴金属を売り歩いて生計を立てているのだと言う。

「でも、お高いんでしょう？」

私が口元を押さえて問いかけると、商人の男性は「そんなことはありません」と常套句《じょうとうく》で返事をしてくる。こんなやり取り、テレビショッピングだけだと思ったけれど、実際にあるんだな。

「今ならこの緑石のネックレスに白石の指輪をつけて、たったの一〇〇〇〇ラガーです」

「まあ！」

「さらに、お友達紹介キャンペーン中で、ご友人を紹介していただくと、なんと青石の髪飾りもついてきます！」

「まあ！」

「――ソラちゃん、何をしているんですか……」

背後から声がする。私が振り向くと、エプロン姿の店長がじと目で私を見ていた。

「あ、友達です」

私は商人さんに、店長をそう紹介してみた。

「お友達ですか！」

「いやいや、店長ですから！　いつからソラちゃんと俺、友達になったわけ？」

「え？　違うんですが？」

私が口元を押さえたまま悲しげに瞳を揺らすと、店長はしどろもどろになる。

「え？　あ、いや、そんな他人でもないけれど、友達でもないっていうか、もっと近いっていうか」

「店員と店長という雇用関係以外に何もない赤の他人です。いきなり友達以上になろうとするな、気持ち悪い」

「ちょ……友達からいきなり虫ケラ扱い？　容赦ないなっ！」

一通りいつものコントから始まったのだが、商人さんには通じなかったらしい。唖然《あぜん》として私たちを見ている。店長はそんな商人さんに対して告げる。

「すみませんが、ここでは宝石など買い取りしてないんですよ」

「えー」

「ソラちゃん、えーじゃないし」

「えー」

「うお、商人さんもノリがいいな！」

店長が驚いている横で、商人さんの目が光る。

「恋人へのプレゼントにもいいんですよ」

今度はターゲットを店長に変えたらしい。さすが商人。抜け目がない。

「恋人へのプレゼントっていっても……」

「店長、恋人も嫁もいませんから」

「余計なこと言わないでよ、ソラちゃん！」

店長はなんとか商人さんを追い返そうとするが、商人さんも生活がかかっているだけあってしぶとい。

「ホラ。この指輪、こちらのお嬢さんにお似合いだと思いませんか？」

商人さんは私の左手の薬指あたりに、赤い石のついた指輪を合わせると、店長に勧めている。待て、何故、私につけるものを店長に勧める。

「え……そ、そうだけど」

店長も何故迷う。そこは断れよ。何だか店長が買いそうな勢いになってきたので、私はバタンと商人さんの鞄《かばん》を無理やり畳《たた》むと、ニッコリと営業スマイルを顔に貼り付けて言う。

「ごめんなさい。私、店長からバイト代以外の一切の物をいただきたくないんです。あとが怖いから」

するとと商人さんは大変引きつった笑顔になり、お弁当を購入して帰って行った。

「ソラちゃん、酷いよ！　俺から何ももらいたくないなんて！」

「いや、ただの雇用主《ぬし》から指輪とか本気で怖いから、冷静になれよ」

私の冷静なツッコミに、店長は「それは、そうだけど」とゴニョゴニョと言葉を濁《にご》した。

「まあ、可愛い品物が多かったですけどね」

「そうだね。一般人に売り歩く行商だから、ファッションリング系が多かったね。だけど、買ったとしても日本には持って帰れないよ」

「え？　何でですか」

「こちらの世界の物は、地球には持っていけないんだ」

「え、だって」

コンビニの中で売られているものはどう見たって日本の品物だ。日本から持ち込めるのなら、日本に持っていくことも可能ではないのか。

「ええと、たとえるなら、凄く高い場所に地球があって、プルナスシアはその下に存在するからって感じかなあ。上から物は降ろせるけど、下から物は持っていけない。そういうイメージ」

「梯子《はしご》を使えばいいじゃないですか。もしくはエレベータ」

「いやいや、あくまでイメージであってね」

いまいち分かりにくいが、地球の方が上層で、プルナスシアの方が下層に存在するという世界の理《ことわり》があるらしい。だから地球の物は持ち込めるけど、プルナスシアの物は持ち帰れない。異世界って意外に面倒くさいな。

「じゃあ、店長から指輪もらったって、私、日本で売りさばけないじゃないですか」

「俺があげたら、即質屋《しちや》なの？　それ酷くない？　酷くない？」

店長がブツブツ言ってきたが、どうせ買わなかったくせに面倒くさい人だ。私はとりあえず、商人さんの相手をしていたことで、ストップしていた弁当の確認を再開することにした。店長が現れたからって私の仕事が減ることはないのだ。

「来る……、来ない……、来る……、あぁ……今日も来ない」

廃棄処分になるおにぎりや弁当をダストバケットに入れながら、私は重いため息を吐《つ》く。

「え、いきなり何してんの、ソラちゃん」

店長が尋ねてきたので、私は素直に答える。

「弁当占いです。ナシカさんが来ないかな、って。私、明日休みだから」

カレンダーを眺めてまたため息を吐く。ナシカさんに今日会えなかったら、少なくとも明後日まで待たなくてはならない。それはなんてつらいことなのだろうか。

「あの、ソラちゃん。廃棄弁当で花びら占いとかヤメテ。お願いだから」

レジの方からこちらを見ていた店長が、そう懇願してきた。

「じゃあ、店長の髪束抜いてもいいですか？　その、うしろの一本引っこ抜いたら、ちょうど『来る』になるし」

「髪束？　髪の毛じゃなくて束なの？　ヤメテヨ！　男の毛根はデリケートなんだよ！」

「じゃあ、邪魔しないでください。いいじゃないですか、誰もお客さん来てないし」

「それが店長に言うセリフ？」

「不満に思うなら、私の時給上げてください」

「少し前までなら、『前の店舗に戻せ』だったのに……ソラちゃん、分かりやすすぎるよ！」

店長がギャーギャーとうるさいが、私はそれをいつものこととスルーして、ダストバケットに入れた弁当をボウちゃんのところへ持っていく。通常の店なら廃棄処分される弁当はバックヤードに持っていって、あとで廃棄業者に回収してもらうのだが、この店ではボウちゃんが処分担当だ。

「ボウちゃーん、ご飯ですよー」

私がそう言うと、防犯カメラからニョキッと黒い触手が出てきた。ボウちゃんだ。ボウちゃんは器用にバケットを持つと、カメラレンズの方へそれを持ち上げて、一気にガーっと流し込んだ。レンズだったものは、その瞬間だけ口みたいなものになるんだけど、深くは考えないようにしている。考えたら、そこで負けだ。

ボウちゃんは食べ終えたバケットを私に戻すと、その触手で優しく私の頬を撫でてくれる。ボウちゃんなりの親愛表現なのだろう。慣れてくると触手も可愛いもんだな、と思えてくるから不思議だ。

「いつの間に触手がソラちゃんに懐《なつ》いている……っ」

レジの方で店長が慄《おのの》いていた。いつか、店長もボウちゃんの餌《えさ》にできたらいいのにな、と内心思う。

「だから、呟いてるって！　ソラちゃんの独り言、独り言と思えないくらい、声でかいし、怖いよっ！」

三十路《みそじ》筋肉の涙目なんて可愛くない。

ちゃらっちゃら、ちゃらちゃららん。

軽快な入店音が聞こえ、私は「いらっしゃいませー」と入り口に目を向けた。

「あ、ラフレ姫！」

この前、顔を見せてくれたあの可愛い子ちゃんがご来店だ！　嬉々《きき》として歩み寄ろうとすると――

ちゃらっちゃら、ちゃらちゃららん。

と、二度目の来店音。珍しく来客が重なった。私はレジにいそいそと戻り、改めて来た客を見て、「きゅんっ」と呟いてしまう。

「ちょ……何、その呟き？」

店長が軽く引いていたが、もちろん無視だ。この店長、本当に面倒くさい。

「今日も来てやった――ぞ……‼」

王子とお供のジーストさん、ナシカさんだった。だが、入って中を見るなり、王子は顔を強張《こわば》らせて、固まる。

その視線の先には、ラフレ姫がいた。

「ラフレ姫……」

「あら、お久しぶりです、ハクサ殿下」

どうやら二人は知り合いだったようだ。あれ？　この前と打って変わって、ラフレ姫の表情が冷たい。絶対零度《れいど》のように蔑《さげす》んだ目を王子に向けている。

「な、何故、こんなところに！」

王子が後ずさる。ラフレ姫は器用にも目だけ笑っていない笑顔を見せる。

「私、中央神殿の神官になりましたの。ご存じでなくて？」

「そ、それは知っているが、君はナナナストの第七王女だろう⁉　こんなところに一人でいるなんて……！」

王子とか王女とか、この世界、ナンボでもいるんだな。一人見たら百人いると思うべきか？

「ソラちゃん、今、何か思っているだろうけど、絶対独り言として呟かないでね」

店長が私の横に来て小声でそう言った。さすがに私も不敬罪とか嫌なので、ＴＰＯは弁《わきま》えるつもりだ。その割には王子への扱いが酷いと言われそうだが、別に酷いことは王子には言ってない。思っているだけだ。

そんなことを考える私の目前では、三文《さんもん》コントのような、王子と姫様の会話が続いている。

「どっかの馬鹿王子が、病気理由で婚約破棄してくださったおかげで、私まで××××病扱いで、嫁のもらい手がなくなってしまいまして」

トゲトゲしいラフレ姫の言葉に、聞き慣れない単語が混じった。

「店長、サ？　キキ？　何ですか、あの聞き取りづらい名前の病《やまい》って？」

横に立つ店長に問いかけると、店長は「ん？」と首を傾げてから、「あぁ」と納得する。

「この世界特有の病気だから、翻訳できないんだね」

「え、〝翻訳〟？　もしかして言葉違うんですか？」

「違うよ。俺は今こっちの言葉話しているし、ソラちゃんは日本語。このコンビニの中だけ特別な魔法で、自動翻訳されているだけ」

「うわ、無駄に高機能……！」

今の今まで、異世界の人と普通に会話ができることを違和感なく受け入れていたが、それはこのコンビニ内限定だったのか。外の世界だと言葉が通じないって、まあ考えれば当たり前なんだけど、それはとても怖い気がした。英語なら学校でも習ったし、まだ分かる。だけど、そういう前知識もなく、全く言語の違う場所に放り出されるのは、何かあった時に怖い。

「ソラちゃん、普通、言葉ってもっと早く気づかない？」

「いや、なんとなく店長が魔法で話せるようにしてくれたと思っていたんですけど……」

「人の脳の学習分野をいじるのは、記憶にかかわるからできないんだよね。今、意思疎通できているのは、この場をちょっと特殊な空間にしていて、声に乗せた意思が相手に伝わるようにしているだけなんだ」

「難しそうな話ですね。それ以上の説明は、就職試験には役立ちそうにないので結構です」

両手で、いらないと手を押し出すジェスチャーをすると、店長は苦笑いで私を見下ろす。

「ソラちゃんのそういうところ、本当変わっている」

「興味がないことにはかかわらないようにしているんです」

なのにどうして異世界コンビニの店員になってしまったのか、私自身、不思議で仕方ない。

「で、その訳せない病気って、どんな病気なんですか？」

とりあえず、目の前の状況が気になっていたので、解説を求めると、店長の顔が引きつった。

「店長……？」

「ソラさん、×××病をご存じないんですね」

王子と緊迫ムードだったラフレ姫は、こちらまで気を配る余裕があったらしく、私たちの話に入ってくる。

「いや、ラフレ一号神官、彼女にその説明は……」

「ラフレ姫、言うな！」

店長と王子が、ラフレ姫の言葉を遮《さえぎ》ろうとする。だがラフレ姫は、余程その病気について立腹しているらしい。息巻いて私の方に詰め寄ってくる。

「あの馬鹿王子の婚約者だったという理由だけで、私まで×××病扱いですよ？ 婚約破棄をしてもそのあと、皆に陰でコソコソと囁《ささや》かれて、私がどんなに屈辱を感じたか——！」

「へ、へぇ……で、伝染病なんですか？」

「ラフレ一号神官、もうそれ以上は……」

「ラフレ姫！ あなたの恥にもなるぞ！」

しかし、止めた王子の言葉が、さらに火に油を注《そそ》いでしまったらしい。ラフレ姫は「何が私の恥ですかっ！」と叫ぶ。

「あなたとは口づけの一つも交わしたことがないのにっ……！　どうして、どうして！　私が〝性病〟扱いされなくてはならないのですか‼」

ラフレ姫の声が、コンビニ中に響き渡る。静まり返る店内。

せいびょう？

……性病？

五秒後、私は言葉の意味を無事理解できたが、その内容は、到底理解しがたいものだった。

「うわぁ、引くわ、それ」

思わず私がそうぼやいても、不敬罪にはしないでほしい。だって、王子様が性病持ちとか笑えない。

「あ、店長、これから王子の接客は店長お願いします」

すかさず王子から離れると、店長の顔が強張《こわば》った。

「ソラちゃん、それ、性病に対して凄く酷い偏見だよ」

「え？　じゃあ、どうやって王子は感染したんですか、その病気」

「昨年、我が国で×××病が流行《はや》ったのですが、その頃、王子は子爵夫人と恋の駆け引きを……」

ジーストさんが申し訳なさそうな顔で説明してくれた。というか、そういうこと、一コンビニ店員に言ってもいいの？

「婚約破棄の理由ですから、国で知らない者はおりません」

ナシカさんも切り捨てるように言った。あ、今日、初ナシカさん。

はふん、ナシカさんの声、いい声だぁ……

「×××病は完治する病《やまい》なんだけど、罹患《りかん》すると半年間、体中に緑色の斑点《はんてん》ができるんだ。それ以外は何も起こらないんだけどね……」

もう少しナシカさんの声に浸《ひた》っていたかったのに、店長がそう説明してくる。

「それじゃあ、公務とかもあるだろうから、公表しないわけにはいかないよねぇ」

人の口に戸は立てられないし。

「×××病はキザク国特有の風土病ですから、我が国にはないんです。だから、それが完治することも、感染するとどのような症状が体に出るのかということも、うまく伝わっていなくて……ですから、ただ〝婚約者が性病だった〟ということだけが出回ってしまって……」

ラフレ姫は悔しそうに唇を噛みしめた。その当時、余程酷いことを言われたのだろう。たとえ形ばかりであったとしても婚約者だ。何度か二人で会う機会もあったのかもしれないし、なくてもそういった下世話な話題を勝手に吹聴《ふいちょう》する輩《やから》がいるのは、どこの世界でも同じということか。

「うわ、王子、最低」

「返す言葉もございません」

「ジースト！　お前、少しは余を立てろ！」

「いやいや、立てようがないと思いますよ？　大体、婚約者がいるのに不倫って、この世界の文化なの？　それが普通なの？　教えろ、店長」

「え？　ここで俺なの？」

話を振られた店長は汗をダラダラかきながら、口を開く。

「ま、まあ、キザク国の王族は、立太子はほぼ無制限、それ以外の直系は一人まで側妃を認められているから……」

しどろもどろに説明してくれたが、肝心なのはそこではない。

「だってさっき、子爵夫人言うてたじゃん！　夫人って、不倫てことでしょ？」

「不倫ではない……！　手ほどきを受けていたのだっ！」

必死になって言い訳する王子が情けない。

「王子、私と同い年って聞いたんですけど」

「はい、御年《おんとし》二十三歳となります」

ナシカさんが代わりに答えてくれる。本当に私と同い年なんだ。

「二十三歳にもなって、手ほどきされないと駄目なわけぇ？」

「ソ、ソラちゃん……、仮にも王子だから……！」

店長が止めるが、ラフレ姫は「もっと言って構いません！　私が許可します」と叫び、ジーストさんに至っては、何度も深く頷いて黙認している。

周りの評価、低すぎ、王子。

「仕方がないであろう！　二十を過ぎた王子が経験不足では、ラフレ姫を泣かせ――……！」

ハッと王子が我に返って黙り込むが、すでに辺りは静まり返っている。

カアァァァァ、と真っ赤に赤面する王子。え？　それも性病の症状……？　なんて酷いツッコミはさすがにできなかった。

私はバッと店長を見上げた。店長がサッと目を逸らす。

次いで、ジーストさんを見た。ジーストさんは無言で目を閉じて、フムフムと肯定してくださった。

ナシカさんにはニコッと笑いかけておいた。するとニコッと笑い返してくれた。ナシカさん、笑顔も素敵です。

「ソラちゃん……、今笑いかけるところじゃない」

店長、本当にウザい。

しかし、この一連の流れをぶった切ったのは、私でも王子でもなく、ラフレ姫だった。

「私を泣かせるって何ですか？　十分、恥をかかされて泣かされました……っ！　ソラさん、また今度来ます！」

ラフレ姫はそう叫ぶと、真っ赤になって固まった王子を突き飛ばして、コンビニから出て行った。

ちゃらっちゃら、ちゃらちゃらちゃららん。

退店音が、あまりにも虚《むな》しく店内に響き渡る。

「ラフレ姫……、分かってないみたいですよ」

とりあえず、王子の傷口に塩を塗り込んでみる。

「好きな子との初エッチのために、他の女と練習なんてヘタレすぎる……」

ただでさえ残念なのに、これで残念度合いが五割増しだ。

「王子は十年前――ラフレ姫が八歳の頃から、あの可愛らしさに陥落しておりまして」

ジーストさんの説明が、さらに王子の残念さを煽《あお》る。

「毎日、ここに来るのは中央神殿に行くついでなのですが、そもそも中央神殿に通い始めたきっかけが、ラフレ姫が婚約破棄後、神官になったとの話を聞いたからなのです。それ以来、足繁《あししげ》く中央神殿に――ラフレ姫に会うために日参してましてて……まぁ、ほとんど会えないんですが。国許《くにもと》の方も決して暇ではないというのに、ハクサ殿下ときたら……」

ブツブツとジーストさんが小言を付け加える。余程ストレスが溜まっていると見た。心中お察しします。王子は、ジーストさんの小言を受けながら、ようやく赤みの引いた顔でガクリと項垂《うなだ》れた。

ふ、不憫《ふびん》……不憫すぎる。好きな子のために性技身につけようとして性病患《わずら》って婚約破棄なんて、そんな恋愛小説、読んだことないんですけど。というか、そんな王子が主役の小説なんか読みたくない。

「え、えっと……」

私はコンビニの中を見回して、ポン、と手を打った。そしていそいそと棚から長方形の箱を取り出すと、それを王子に突き出す。

「なんだこの箱は……？」

「今度から、これ着けて練習すれば、きっと感染しないよ☆」

「わ――！　嫁入り前の娘が何を男に突き出しているんだ！」

店長が慌てて私からソレを奪う。

「今更練習しても遅いんですけどねえ……」

ジーストさんの呟きが、王子を抉《えぐ》る。

私もそう思ったけど、もし、これから練習することがあって、また同じことになったら目も当てられないじゃない？

感染予防、絶対、大事。うん。

「ちなみにコンビニでは、こういったデリケートな商品は中の見えない紙袋に入れたり、普通の白いビニール袋に入れたりと、店舗によって違うのでお気をつけください。当店は、シールを貼って手渡しです」

「ちょ、ソラちゃん、そんな男気いらないから！　きちんと袋に入れようよ！」

必死な顔で注意した店長は、紙袋に某ゴム製商品を入れる。ていうか、王子、買うのか。

本当、コンビニの店長って大変ですね（他人事）。

5　電気水道ってどうしてるの？

それは珍しく二人で店番をしている時に起こった。

「店長、私、大変なことに気づきました」

「え？　何、どうしたの？」

「ここ、電気通ってます！」

「え？　今更？　今更その質問！　だって君、この異世界コンビニに来て二週間になるんだよ？」

「？」

「いやいや、『うそ？　ホント！』って口に手を当てたネット広告みたいなリアクションされても、二週間経過しているから！　分かりづらいし、説明しにくいリアクションはやめて！　本当にやめて！」

「まあ、そんなツッコミはどうでもよくて、電気どうして通ってるんですか」

「自分で振っておきながらその仕打ち。相変わらず容赦ないな、君は……」

店長がガクリと肩を落としたが、そんなことはどうでもいい。

私はコンビニから出たことがないので、外がどうなっているのか分からない。中にいるだけだと以前のコンビニと全く変わらないため、つい、ここが異世界だということをうっかり忘れてしまうのだ。

今も、「このコンビニ、早く潰れてしまえばいいのに」って呪いを込めながら、床をポリッシャーマシンで磨いていたのだが、ふと、重大な事実に気がついた。

「このマシンはどうして動いているのかと。もちろん、普段通りバックヤードの電源ジャックにコンセントを差し込んではいる。それで稼働しているのは確かなのだが、では電気はどこから取り入れてくるのか。突然、私はそう思い立ったのだ――」

「ごめん、ソラちゃん。そのナレーション口調、やめてくれる？　あと、コンビニが潰れろとか、仮にも自分の勤務しているコンビニで言うのはどうかと……」

「だって店長が悪い。店長が嫌がる私を無理やり――……うっ！」

「わ～！　何言ってんの君！　二人だけだからってそういうコントして、誰か来たらどうするの？」

「今、二人きりってことは……！　ボウちゃん、助けて！　私、店長にオカサレル！」

ボウちゃんがすかさずシュルシュルと触手を店長の前に出す。この触手、本当に反応がいい。対する店長は己《おのれ》の無力さを痛感してレジカウンターに突っ伏していた。

「俺は一体、どこから突っ込めばいいんだっ!!」

ひとしきり店長をサンドバッグのようにぶちのめしてから、私はさっきの話に戻す。

「――で、ここの水道とか電気って、どうなっているんですか？」

「その変わり身の早さに俺は一体どうすれば……ええと、水道は日本の店舗の水を拝借しています」

ん？　今、サラリと何か大事なことを言われた気がする。

「もう一度、仰《おっしゃ》ってくれますか？」

私が店長の顔を見上げて尋ねると、店長は「てへ」と舌を出しながら言う。

「魔法で日本の店舗の水道とこちらの店舗を繋《つな》いで拝借しています」

全然可愛くない。そしてやっていることは、極悪だ。

「え？　それってありなんですか？　二店舗分とか、バレません？」

「え？　どこに？」

「え？」

私がマジマジと見つめる。すると店長は、

「こっちはそんなに水道とか使わないから大丈夫」

と、笑顔でゴリ押しした。何か触れてはいけないことなのだろうか。

確かにお客さん自体少ない店舗だし、店員も、私がシフトの時は私一人か、店長と二人の時が多い。水道代はそれほどかさまないのかもしれない。うん、そういうことにしておこう。聞いて、何か藪蛇《やぶへび》になっても怖い。だから私は「はあ」と頷くにとどめた。

だが、さすがに電気代は常に冷蔵庫等で使用されているので、ごまかしがきかない気がする。尋ねてみると、店長は「外に設置しているからなぁ……」とぶつくさ何かをぼやいた。

「外に何があるんですか？」

「蓄電池《ちくでんち》。こっちの蓄電池は、日本だったらノーベル賞ものだよ。何せ雷が蓄電できるタイプだから」

「――――！」

そこで私はピンときた。雷とくれば、例の二つ名の人がいるではないですか！

「まさか……！」

「その、まさかです」

ちゃらっちゃら、ちゃらちゃらららん。

その時、待っていましたと言わんばかりのタイミングで現れたのは、ジグさんだ。

「おう、今日は二人で店番か」

私はサッと防犯ボールを手に構える。

「な、何してんの、ソラちゃん！」

「防犯訓練です。強盗ですよ、店長。始末しましょう！」

「いやいや！　ソラちゃん、そのボールは攻撃力ないから！　破裂するだけだから！　強盗の件、まだ根に持ってたの？」

あんな怖い思いをさせられたのだ。この恨み、晴らさでおくべきか——！

「ソラちゃん、目が怖い！　怖い怖い！」

店長にボールを取られてしまったので、私は渋々防犯訓練を断念した。

「まあ、こんなボール、どうせジグさんならその剣で切れるんでしょう？」

チラリとジグさんを見遣れば、ジグさんは余裕綽々《よゆうしゃくしゃく》の顔で答える。

「もちろん、切れるな」

「本当に？」

「簡単だ」

やだ。サムライ。素敵。

私はもう一個、ボールを取ろうとして、店長にすかさず止められた。

「やめて！　店内が汚れるから！　切ったあとの掃除は誰がするんだよ！」

「お前だろう？」

「店長ですよ」

私とジグさんの声がハモった。ですよね。

お互い深く頷くと、店長がガクリと項垂《うなだ》れる。私はそのタイミングを見計らってレジカウンターから出るとジグさんの背に隠れた。そして、ジグさんに向かい叫ぶ。

「ジグさん、店長が二人だけをいいことに、私をオカソウとする。助けて！」

「ちょおおおおい！　待て〜〜！　今の流れのどこに、ソラちゃんの身の危険があったのッ？」

ジグさんは私と店長を交互に見ながら、私の頭をぽんと叩いた。

「アレイはしつこいらしいからな、気をつけろよ」

思わずドン引きの目で店長を見てしまう。

「やだ、しつこいって何がしつこいの、店長。キモチワルイ」

「……泣いていい？　泣いていいかな、俺？」

「で、今日は何の話をしてたんだ、お前ら？」

ジグさんもスルースキルが半端ない。こういう時、店長は昔からこんないじられポジションだったんだろうな、と分かる。店長はわざとらしく肩を落としたあと、いつもの顔に戻って言った。

「あー、ジグ。ついでだから、店の蓄電池《ちくでんち》に蓄電してきて」

「ああ？　高くつくぞ？」

「ソラちゃんが見たいらしいんだけど見られないから、せめて音だけでも聞かせてあげたいんだ」

「ソラが？」

ジグさんが後ろにいる私を見下ろしたので、私はへらっと笑っておいた。どうやら何か見せてくれるらしい。退屈な日常にちょっとしたスパイスを提供してくれるのなら、私は喜んでそれを受け取ろうではないか。

「しゃーねぇな。んじゃ、ちょっと行ってくるわ」

ジグさんはそう言うと、
ちゃらっちゃら、ちゃらちゃららん。

と、音を立てて外に出ていった。その行き先をガラス越しに追っていく。ジグさんが店の裏側に回ったあと、その姿が見えなくなった。

「いきなり大きな音がするかもしれないけど、ビックリしないでね」

「ちょっとドキドキしますね」

何となくカウンターに戻り、店長の傍に寄る。こういう時、デカイ人っているだけで安心するから便利だよなとは思う。

待つこと数十秒。それは、突然だった。

ドガアアアアアァン!!

「うひゃっ！」

思わず店長の腕にしがみ付いてしまった。草食系とはかけ離れたしっかりとした腕だ。ちょっと嫌だと思ったが、この際仕方がない。

だって、声を上げてしまうほどその音は大きかったのだ。

紛《まご》うことなく、雷の音だ。さすが、雷鳴《らいめい》のジグと言われるだけあって、その名は伊達《だて》じゃないようだった。

ちゃらっちゃら、ちゃらちゃららん。

「おう、充電しといたぞ」

再び入店音を鳴らして入って来たジグさん。よく見ると、手の先がちょっと黒くなっている。

「ジグさん、それ……」

「あぁ、感電。こういうのはどうしても、な」

私が手を指さすと、ジグさんはそう笑いながら言った。私は店長から離れて、ジグさんの手を間近で確認しに行く。

ジグさんは苦笑しつつ、自分の手の先を見せてくれた。赤黒く煤《すす》けた指先は、煤を落としても赤黒いままなのだろう。

「い、痛くないの？」

「もう慣れたな」

「自分で出した雷でも感電しちゃうの？」

「そりゃあ、するな。雷を呼んでいるだけだしな。俺自身が雷ってわけでもないし。水を呼ぶ奴が水死することもあれば、火を呼ぶ奴が焼死するなんてこともあるぜ？」

「えー、そんなことあるんですか!?」

異世界魔法、意外に不便だな。あ、でも、そういうものなのかな。火が使えても、コンロの火で火傷《やけど》しちゃうことは私だってあるし。

「で、アレイ、お前は俺にひと仕事させて何してんだ？」

ジグさんはやや呆れたような顔で店長に声を掛ける。私も振り返って店長を確認すると、店長はハッと我に返ったかのように瞬《まばた》きをした。

「あ、いや、え！」

やけに変な声を上げるな。

「店長、店内なのに感電したんですか？」

「いや……感電はして……、いや、したのか？」

その瞬間、私は急いで自分の胸元を確認した。今日、エプロンの下は薄手の長袖Tシャツだ。九月半ばといえどもまだまだ暑いので、薄着にしていた。

「いや、その、不可抗力だしっ！」

「何言ってんだ、お前？」

ジグさんは不思議な顔で店長を見ているが、私は店長の顔がわずかに赤い理由が分かってしまった。

雷で驚いてしがみ付くなんて、何だ、その定番恋愛シチュ。そして「当ててんのよ」ではなく、何故無意識で押し付けてしまったんだ、私。

「店長、私の処女胸を味わったのね！」

「卑猥《ひわい》なこと言わないで！　違うから！　音だけでも聞かせてあげようかと思って。まさかそれでしがみ付かれるとは……！」

「へえ。何の音を聞かせるつもりだったんだ、アレイ？」

ニタニタと下種《げす》な笑みを浮かべるジグさん。そんな笑みでも、いつもの言動が粗野のせいかいやらしく感じられない。

でも、何の音とか、ちょっとアダルトすぎて私には分からないけどな。

「いやいや、雷！　雷の音ですから！　そして、ソラちゃん、意外に初心《うぶ》だから変なこと教えないでよ、ジグ！」

「私に変なことを教えてきたのは店長です」

「うわ！　まだそれ言うの？　どこから俺は突っ込めばいいんだ！」

「とりあえずソラに突っ――」

「はい、ジグアウト！　お前、もう帰れ！」

「いやだ店長、本当に犯罪者」

「それだけはすぐ分かるんだ、ソラちゃん……。本当にお願い、やめて。俺の精神力、もう限界値！」

「私の処女胸で十分回復しただろうが！」

「それはご馳走様でした――じゃなくて、もう会話文が延々続いて、俺、つらい！」

店長が最後にそう叫んだので、私は女神の慈悲を彼に与えることにした。

「ボウちゃん、スケベ店長をやっておしまいなさい！」

「え？　ちょ！　待っ――――！」

一瞬で丸呑みされた店長が、店の外からボロボロの姿で帰ってきたのは二十分後のことだった。

「こうして店長は自分の身をもって、ボウちゃんに食べられた人間は死なないことを証明したのである――――」

「だから、今日のソラちゃんの、そのナレーション口調は一体なんなのさっ！」

たまにはそんな日もあるのである。

※　※　※

可愛いは正義、ってどこで聞いた言葉だっけ。何かの漫画だっただろうか。とにかく、今、私はしみじみと実感している。

可愛いは、正義だ。

「ちょっと、ソラさん。少しは真剣に選んでくれませんか？」

ぷるんとしたピンクの唇を尖《とが》らせてそう言ってきたのは、ラフレ姫だ。年下だけどちょっと偉そうなのは許す。だってお姫様だから。思わずニヤニヤしてしまったが、これではいけないと顔を引き締める。

ラフレ姫は今日もまた、メッセンジャーとして手紙を持ってきた。

『この封書をアレイ一号神官に渡していただけますか？』

『アレイ……一号神官？　ああ店長のことか』

店長の本名は小林アレイだが、いつも店長としか呼んでないので、ついそのことを忘れてしまう。

『そういや店長も神官なんだっけ』

異世界でも店長やりたくてコンビニ作ったわけではなかったのか。店長と神官をかけもちしていることも含めてちょっと疑問に思ったが、ラフレ姫から聞くべきことでもないだろう。代わりに神官について少し詳しく話を聞いてみる。

ラフレ姫の説明によると、このコンビニのある森の中心――つまり〝プルナスシアのへそ〟に、中央神殿とやらがあるとのこと。ラフレ姫も店長もそこの神官らしい。

店長、自分の職場くらい教えとけよ。まあ、聞いたところで行けないから覚えなかった可能性が大だが。

でも、それならばラフレ姫の方が、店長と中央神殿で会うんじゃないかと思ったのだが、そう言われるのは見越していたらしく、

『ここ数日は向こうの世界で用事があったみたいで、神殿には来ていないのです』

と理由を教えてくれた。

『急ぎですので、なるべく早く見ていただきたい、とお伝えください』

私に預けて大丈夫なんだろうかと思ったが、まあいいか。事務室の机の上に置いておこう。

無事おつかいを終えたラフレ姫はそのまま店を出ていくのかと思ったのだが、入り口近くの化粧品コーナーを見て、足を止めた。そして少し悩んだあと、私に向き直って言った。

『ちょっと、説明していただけますか？』

そして、冒頭のやり取りに戻る。

「このピンク色の口紅は分かるのですが、こっちの肌色より濃い色も口紅なのですか？」

「あぁ、ベージュのはナチュラル系メイクの時に使うんだよ。あとアイメイクが濃い時に、口紅も濃いとゴテゴテしちゃうから、色味を抑えるのにも使うよ」

「まあ、そうなんですか」

こちらの世界にも化粧品はあるのだが、どうやら神官になってからラフレ姫は化粧をあまりできないらしい。というのも、こちらのメイクはフルメイクが基本で、口紅も濃い赤やピンクが多いと言うのだ。つまり、舞踏会とかそういう夜専用の化粧品が主流なのだとか。

しかし、そういった化粧は当然、神官のピンクの貫頭衣《かんとうい》には似合わない。ドレスに合わせる化粧だからだろう。シンプルな服では、ゴッテリ化粧が浮いてしまうのだ。だから、口紅など目立つ色《いろ》合《あい》の化粧ができず、ラフレ姫はそれがちょっぴり不満なのだという。

ラフレ姫の他にも女性の神官もいるのなら、その人たちはどうしているのか。不思議に思い尋ねると、他の人はすっぴんなのだそうだ。凄いな、神官。それ、スーパーナチュラルすぎるだろう。

「口紅ぐらい、つけたいのです……」

いやいや、そのプルプルピンクの唇なら、そのままでも十分だと思うんですけどね。

でも、ラフレ姫のそういう態度は、女の子らしくてとっても可愛いな、と思う。

お姉さん、コンビニ店員だけど、今日だけはコスメ店員に変身しちゃうゾ☆　って言いたくなるくらい、こういう話ってウキウキする。

「服はそのピンク以外って着ちゃダメなの？」

「えぇ、これが神官の正装です。男女の別なく皆、この服です」

「そうなんだぁ」

ピンクの貫頭衣《かんとうい》。ラフレ姫はとてもよく似合うが、おっさんとか筋肉がこれ着ているところは見たくないなぁと切実に思う。

「ピンクはラフレ姫、もしくはナシカさんで見たいなあ」

「ナシカさんは魔法士で神官ではないので、このローブは纏えません。これは〝世界樹〟に仕える中央神殿の、神官のみに与えられる衣《ころも》ですので」

「世界樹……？」

初めて聞く言葉に首を傾げると、ラフレ姫が簡単に説明してくれる。

「この世界は世界樹という、とても大きな樹を中心に大陸ができています。世界樹は、プルナスシアの中心にそびえるように生えていて、その根は大陸全てを覆っています。それも根の中を人や物が移動できるほどの大きさで、神殿はその幹《みき》の中にあるのです」

大陸全体って、ちょっと半端ない大きさだ。想像した以上の大きさに思わず言葉をなくしたが、ふと、あることに気づく。

「……あれ？　私のことって話しましたっけ？」

異世界人だということを告げていないにもかかわらず、ラフレ姫の説明はとても丁寧だった。ラフレ姫はニコニコとしながら頷く。

「ここは神殿公認の場所だから、ソラさんのことも神殿の者は知っています。王子たちも、中央神殿で確認して分かっているはずです。まあ、神殿に参拝するだけの人間は分からないかもしれませんが」

いや、王子も最初は知らなかったようですが。まるっきりコンビニのこと、怪しんでいたよね。

あー、やっぱり王子だけスルーでしたか。うん、なんとなくあの残念さから薄々そうかなとは思っていたけれど、実際、ハブられているのを見ると、胸に来るものがあるな。今度、気が向いたら優しくしてやろう。

「ねえ、そんなことより、もっとこの化粧品について教えてください」

王子のことはラフレ姫の中では〝そんなこと〟扱いらしい。いっそ清々《すがすが》しいくらいの扱いだ。私は王子に優しくするのはやっぱりやめようと思い直し、ラフレ姫に化粧品を選んであげることにした。だって、やっぱりこんな可愛い子が婚約者だったのに、浮気なんて、ないわぁ。

「薄くて淡いピンクだからなぁ……いっそのことグロスの方がいい気もするけど」

ナチュラルメイクならベージュの口紅でもいいけれど、せっかくだからラフレ姫の唇の色も活かしたい。そう思って、口紅と一緒に並んでいるスティックタイプのグロスのテスターを取り、それを自分の手の甲にのせる。これはピンク色だが透明タイプに近く、ラメも強くないので、普段使いにちょうどいい。

コンビニという特性柄《がら》、誰もが抵抗を感じにくく、仕事にも使えるようなラインナップが多いのだ。

「唇で試す人もいるんだけど、私はちょっとそういうのは苦手でね」

さすがに誰が使ったか分からないものを直接口にのせるのは、少し抵抗があるのでそう言った。

キラキラときらめく私の手の甲を、ラフレ姫もキラキラとした目で見つめる。

「唇だけ目立ちすぎませんか？」

「こっちの世界って、こういうキラキラしたラメとかないの？」

「あるにはありますが、濃い色合《いろあい》の口紅の方が多いんです。これだけ色合が薄いのは初めてです」

「これ、そんなにラメが大きくないから、普段使いでもおかしくないと思うよ？」

むしろ、その唇がさらに艶《つや》やかになったら、王子が顔を真っ赤にしてしまうのではないだろうか。

「そのぷるぷる唇で、王子なんかよりもっと素敵な男性、引っかけたらいいよ」

そうニヤニヤしながら言うと、ラフレ姫はわずかに困惑した顔になった。

あれ、その反応は予想外。

心底、王子を毛嫌いしているのかと思ったが、そうではないようだ。私の無言の驚きに気づいたのだろう。ラフレ姫は可愛い唇を尖《とが》らせながら、不服そうにぼやく。

「アレでも、昔は素敵な人だと思ってたんです……」

確かラフレ姫が八歳の時に見初《みそ》めたって話なので、昔というのは小さい頃からか。

「でも、王子様ってもっと、こう……普通はほっそりしてない？　あの王子、王子にしてはムキムキすぎてキショイんだけど」

そう私が率直に言えば、ラフレ姫は首を傾げる。

「男性は、皆あのような体格ですよ？　そうですね、アレイ一号神官はハーフですから少し細身かもしれませんが」

「ちょと待って」

「はい？」

「店長が細い？」

これ大事。再度確認すると、ラフレ姫は何を今更と言わんばかりに「はい」と肯定した。

「アレイ一号神官はあまり筋肉質ではないですよね」

「……」

おおっと、薄々感じてはいたが、やはりここは筋肉標準装備の世界だったらしい。しかも、皆それが普通だと思っているとなれば、私とラフレ姫の間には大きくて深い溝《みぞ》がある。

店長が細身とか言ったら、日本の全草食系男子の前で、店長に土下座させねばならぬだろう。

「ソラさんは、ナシカさんが気に入っているようですが、ナシカさんのような体型の男性は珍しいですよ。ソラさんは逞《たくま》しい男性はお好きではないのですか？」

「好《この》みではないね。もう、こういうのって趣味とか性癖《せいへき》じゃない？　男臭いのよりノンセクシュアルな方が好きだよ」

父親がそんなにガッシリとした体型じゃないし、男兄弟がいないことも影響しているかもしれない。

あと、成長期の性差認識がちょっとトラウマなのだ。私は小学校の頃、野球少年団に在籍していたのだが、中学ももちろん続けるつもりだった。だけど、中学になって、だんだんと仲間だった男子たちの体格がよくなっていく一方、私は身長も伸びずに体も丸くなってしまい——結局、中学二年になる前には耐え切れなくなって辞めてしまった。

そのせいか、中学は共学だったが、高校は女子高にした。大学は共学に戻したのだが、三年のブランクは大きかった。中学の時はまだ子供だった体格の男子たちは、完全に大人の男性になっていたのだ。成長過程の免疫をつけてこなかった私は、すっかり男性的な体型が苦手になってしまった。

「ラフレ姫は、あんな王子でも好きなの？」

単刀直入にそう問えば、ラフレ姫は眉間にクッと皺《しわ》を寄せた。

「好みではありません」

悔しそうに言ったラフレ姫を見て、私はつい小さく笑ってしまう。

好みではない、ね。

「体格はしっかりとされていますし、王子とは思えないほど戦《いくさ》の時はお強いです。ですが、普段はどうも押しに弱く……」

「あと、馬鹿だよね」

「馬鹿は好きではありません」

キッパリと言い切る彼女の言葉に、我慢できなくて噴き出してしまった。見た目の好みではなく、性格の好き嫌いか。確かに、王子の馬鹿は酷い。ある意味一途《いちず》なのかもしれないが、その一途の方向が間違いすぎているのが、残念だ。

「私はもう神官ですし、王子とご縁がなくなると思っていたのに……」

一度は離れたはずなのに、何故かラフレ姫がいる神殿に日参する馬鹿王子。色々思うところはあるが、傷つけられたお姫様がそれを許すかどうかは私の預かり知るところではない。それに、安易に他人が介入してよい話でもないだろう。

「じゃあ、毎日可愛くして、王子にギリギリさせてやったら？」

「ギリギリですか？」

「そう。『ムムム！』って顔、赤くさせて、ワタワタさせてあげればいいよ」

「それはちょっと面白そうですね」

クスクスと笑うラフレ姫は本当に可愛い。本当、王子は馬鹿だ。もし、あんなことをしなければ、この笑顔が傍《かたわ》らにあっただろうに。

物語の中のお姫様って、もっと静かだったり、高飛車《たかびしゃ》だったりするので、実際のお姫様もそういうものなのだろうと思っていたけれど、ラフレ姫はよくも悪くもとても素直だった。第七王女ということや神官ということも関係しているのかもしれないが、こうして接していても身分の隔《へだ》たりを全く感じない。人に対して極端に警戒心がないのだろう。

（うーん……ある意味、とっても危険だよね）

これなら王子が中央神殿に日参するのも分からなくない。というか、あの王子、王子としての仕事は大丈夫なのだろうか。王族でもなくなったら、あの馬鹿王子に何が残るのだろうかとも思ったが、それこそ私の預かり知るところではない。きっとジーストさんとナシカさんが素晴らしいから大丈夫だろう。

「それじゃ、これをいただきます」

私のオススメを選んでくれたラフレ姫に、私は「お買い上げありがとうございます」と笑顔で返した。

「でも、ソラさんも私のこと言えませんよね？」

「え？」

会計時、ラフレ姫がまた猫のような目で私を見てくる。あ、ラフレ姫のターンっていうわけですか。

案の上、ラフレ姫は嬉しくないことを言ってくる。

「アレイ一号神官、ソラさんといる時は本当に生き生きとしていらっしゃいます」

「だからそれは長い付き合いだから」

「でも、お二人とも一緒にいらっしゃる時はとても楽しそうですよ？」

楽しくなんかないと言えればいいのに、それは嘘だからどうも言いにくい。思わず口を「へ」の字にしてしまうと、ラフレ姫はくすくすと笑いながら聞いてくる。

「ソラさんはアレイ一号神官がお好きなのですか？」

「好《この》みじゃない」

間髪《かんはつ》容れずに返事した。くそ、やり返された。可愛い顔に油断した。

むっすりとした私を見て引き際を感じたのだろう、ラフレ姫はちょこんと頭を下げた。

「今日は一緒に選んでくださってありがとうございました」

こういうバランスのいいところは彼女の長所に違いない。

「いいえ、またいつでもどうぞ」

本当、日本のコンビニじゃこんなことあり得ないのに、こちら特有なのか。どうもお客と店員の距離が近すぎる気がする。

それでもそれを嫌いじゃない自分がいて――

「また来てくださいね」

そう柄《がら》にもないことを言えば、ラフレ姫はまた可愛らしい笑顔になる。

「ええ、また来ます」

ちゃらっちゃら、ちゃらちゃららん。

軽やかな音楽と共に、ラフレ姫は帰って行った。私は少しだけ軽くなった気分と共に、またコンビニ業務に戻る。

好みではない。でも――……

そのあとに続く言葉は推《お》して知るべし。本当に、人の心ってのは難しいよね。

6　トイレってどうしているの？

店員とて人間だ。生理現象は当然のことながらある。

「お客さん、来ないよね……」

思わず独り言を呟いてしまう、本日九月二十日。あと十日ほどで十月とか信じたくないよ。泣けてくる。この異世界コンビニに異動して三週間が経過してしまった。その間、一応休みの日は就職活動に精を出したのだが、来るのはいつも薄手の封筒だ。封書が来るだけまだマシで、大抵は電話でのお断り。

「今回はご縁がなく」とかもういいです。なけなしのご縁でいいからください！　と思いつつも、モジモジする私。

はい、トイレです。

「まあ、客も店長もいないし、いいか」

私はさっさとトイレへ向かうことにした。少しは躊躇《ちゅうちょ》すべきなのかもしれないが、我慢することは体によくない。それは正しいことなのだから、さっさとトイレに行ったことは間違いではないのだ。

店員もトイレは顧客用のものを使う。元々は、お客さん用ではなく店員用のトイレだったらしい。

しかし、あまりにもトイレを利用する客が多いため、今ではどのコンビニでも利用できるようになったとのこと。もちろん、客の少ない当店であっても、トイレのご利用はご自由にどうぞ、だ。

用を済ませたあと、ついでに掃除もしようと、トイレ横の清掃チェック表を確認する。そこに並ぶのは〝藤森〟と〝小林〟の名前だけ。私と店長だ。

「まさかとは思うけど、他に店員がいないわけじゃないよな」

そうぼやいてしまうほど、記入欄には私と店長の名前しかない。日本のコンビニの時より清掃回数は減ってしまったが、それでもトイレは綺麗だ。店長の掃除も行き届いているからだろう。

「二人だけのコンビニ……ねぇ……」

お客はお世辞にも多くない。だけど、ここにコンビニは存在する。

その意味って何なのだろう？　と、一瞬頭を過《よぎ》った疑問は、以前聞いた、ジグさんがこのコンビニの護衛をしているという話と相まって、ちょっと謎めいた方に向かってしまう。

こういう時、自分を損な性分だなと思ってしまう。ただ、与えられた仕事を何も考えずにこなしていればいいのに、一度疑問に感じてしまうと、それに附箋《ふせん》を立ててしまうのだ。

確かに異世界に連れてこられたことには驚いたが、今は刺激もあってそれなりに楽しい。楽しいのだが、それだけでいいのか、とも思ってしまう。

便器をゴシゴシとこすりながら、考える。

ここは異世界で、世界樹という大きな樹が真ん中にあって、私はその樹の近くの森の中にあるコンビニで店員をしている。お客さんは神官や王子など顔なじみばかりで、一般客はほとんど来ない。

トイレ掃除が一日一回で済んでしまうくらいだ。それってコンビニとしてどうなんだろうか。

「もしくは、コンビニとしての意義は必要ない、か」

思わず呟いた言葉が真実味を帯びているように感じられて、ゾッとした瞬間——

ちゃらっちゃら、ちゃらちゃらちゃららん。

と、音がしたと同時に、ドタドタと走る音が近づいてくる。

何だ？　と水を流して外に出た途端、王子が駆け込んできた。

「ム。お前が入っていたのか。早く出ろ」

もじもじとする王子は小学生か。

「臭くないだろうな？」

ちょ、待て。お前。

「余は王子である。余の前に入ったのならば、トイレはきちんと掃除をしておけ」

何言ってんの、この人。——あれ？　王子がここにいるってことは、当然ながら……

「王子、女性にそのようなことを言ってはなりません」

優しく諭《さと》すような声が王子の背後から聞こえた。ナシカさんだ……！

「お、王子！　私、掃除していただけだから！」

確かに小さい方はしたけれど、そのあとはきちんと掃除している。

「ム？　しかし、その割にはずいぶん長く入っていなかったか？」

「へ？」

「お前がトイレに向かったのが見えたのでな、外で待っていてやったのだが、余が限界を迎えた」

「見てたなら、中に入って来いよ！」

思わず暴言を吐いてしまったが、それも仕方のないことだろう。

「掃除だから！　掃除だから！」

必死に弁明するが、王子は飄々《ひょうひょう》とした顔で言う。

「だが、ソワソワ動いていただろう」

お前、どんだけ外から見ていたんだよ……！

というか、王子が見ていたなら王子のお供の方も見ていたわけだよね？

チラリ、と背後のナシカさんとジーストさんに目を向ければ、二人とも気まずそうに曖昧《あいまい》に微笑んでいる。

ハイ、私、トイレにこもる女認定されました！

「……王子、お前のその皺《しわ》のない脳みそをこの便器用ブラシでこすってやろうか」

私が殺気立っても仕方ないだろう。

「ム。余は漏れるぞ」

「宣言するな！」

未だかつてそんな宣言をする王子がいただろうか。否《いな》、聞いたことねえよ！

私は「掃除していただけだから！」と重ねて言うと、王子をトイレに押し込んで外に出た。

「違うんです、ナシカさん、違うんですよ。ただ、世界樹や中央神殿のこととか、色々考えていたら、掃除に時間がかかっていただけなんです！」

必死に弁明する私を、ナシカさんは興味深げに見てくる。それほど背の高くないナシカさんは私が少し見上げるくらいで目線が合う。一五六センチから十五センチほど上ということは、きっと一七〇センチくらいなのだろう。身長といい、体格といい、本当に好《この》みの人だ。

「世界樹のことが知りたいのですか？」

「うん、ていうかこの世界のこと、何も知らないなって……」

本当はこのコンビニの存在意義を考えていたのだが、それは言ってはいけないような気がして、そう話す。すると、ナシカさんは「そうですねぇ」と語尾を伸ばして考える仕草をした。

「アレイ一号神官から、聞いてないのですか？」

「そんなに聞いてないです」

聞かなかったと言った方が正しいか。出られない世界のことを聞いても仕方ないと思ったのだ。

「この世界の中心は、世界樹です。この巨大な大木の恩恵を得て、私たちは暮らしています」

「あ、そういうことはラフレ姫から聞きました」

「では、世界樹が私たちの生活の基盤になっていることは？　飲み水は世界樹の根から摂取できますし、世界全土を巡る根の中に、管車《かんしゃ》という車を走らせることによって、流通経路を確保しています」

「そんなに凄いんですか」

確かラフレ姫も、世界樹が大陸全土に根を張っていると言っていたけれど、ライフラインまで確保しているのか。世界樹という樹木の存在は、まさにこの世界にとって必要不可欠なものだろう。

「ですから、その世界樹を信仰という形で管理している中央神殿は、世界一の権力を持つのです」

「あー……」

神殿の外の人から聞くと、どれだけ世界樹が凄いのかも、それを管理する中央神殿が凄いのかも、よく分かる。道理で、各国の王子や王女が足繁《あししげ》く通ったり、神官になったりするわけだ。

「その中央神殿が管理しているのが、この〝コンビニ〟です」

ナシカさんはサラリとそう言ったが、白金《はっきん》色の縁あり眼鏡の奥でやけに真剣味を帯びた目をしている。

「この世界にとって、世界樹はなくてはならないもの。そのためなら、中央神殿はどんなことでもするでしょう」

「……」

それはどういう意味ですか？　と、聞き返そうとした瞬間、ガチャリとトイレのドアが開いて、王子が出てくる。

「お前の大便は花の匂いなのか！　トイレが花の匂いだったぞ！」

「……」

「すみません、こんな王子で」

「すみません」

ナシカさんとジーストさんが相次いで謝ってくれたが、私の心はズタボロだ。

「でも、大丈夫ですよ？」

ニッコリとナシカさんが微笑んだ。私が怒りと羞恥《しゅうち》で震えている中、彼はサラリと私に言う。

「人間ですから、誰でも排泄《はいせつ》はします」

そういう問題じゃねぇ……！

※　※　※

「死にたい……むしろ記憶喪失になりたい。そしてナシカさんを記憶喪失にさせたい……」

今日も元気に、シフト終わり三十分前に現れた店長は、死《し》に体《たい》の私にギョッとしているようだった。

私が一人勤務の時、いつも店長は私のシフト終わり三十分前にやってくる。たまに別の時間も来るが、大抵は三十分前だ。次のバイトさんと鉢合《はちあ》わせしない理由は、私のシフト明けから店長が引き継ぐから。というわけで、私は他のバイトさんに会ったことはない。はい、これ重要な、ノートに書いておくように。

「ど、どうしたの？」

店長が戸惑いつつも尋ねてきたので、私は項垂《うなだ》れたまま答える。

「今日……、性病王子が来たんです……」

「ちょ……性病王子って可哀想すぎるよ！　許してあげてよ！　男の恋心故《ゆえ》じゃないか！」

店長が王子を弁護しているが、何を言っているのか私にはよく分からない。

「好きな女とヤるのに他の女とヤるとか、その考え方が分かんない。練習したいならコンビニの成人向け雑誌でも読めや、ボケ」

「えー……、あんな雑誌のプレイ真似したら引かれちゃうよ」

「うわーぁ。そんな雑誌の内容、熟知している店長にドン引きー」

凹《へこ》んではいるが、動く力は残っているのでズズッと店長から離れる。すると店長は慌てて言い繕う。

「何その潔癖《けっぺき》。男はみんな大なり小なり、エロ本ぐらい持ってるよ！」

「ナシカさんは、そんなの読まない」

きっぱり言い切った私に、店長は首をブンブンと横に振った。そのままその首、もげてしまえばいいのに。

「ソラちゃん、草食系って騙《だま》されているから！　魔法士は頭使いまくりだし、性欲、ウサギ並みに強いよ！」

「そんな情報知りたくないし、仮にそうだとしても、それなら店長だって――」

そこまで言って、私は慌てて口を噤《つぐ》む。やばい、藪蛇《やぶへび》。

突然、黙り込んだ私に、店長はキョトンとして首を傾げた。

「ソラちゃん？」

「大の男が首傾げて、愛玩動物よろしくこっち見んな。可愛くもなんともない。というか、私とナシカさんの記憶、操作しやがれ、この変態」

「うわ、いつにない暴言のオンパレードに、俺、心折れそうだよ……っ！　しかも記憶は操作できないって何度も説明しているのに、そういうことだけ都合よく忘れているよね！」

「お前ら、客がいるのに遠慮なしだな」

唯一のお客様であるジグさんが、買い物カゴいっぱいにおにぎりを詰め込んで言う。いつも、私が休みを取る前日は、ジグさんはこうして大量のおにぎりを買っていく。

何？　それって備蓄用なの？　って分かっていても聞けない。藪《やぶ》から蛇じゃなくて特大のアナコンダが出てきそうなことには、あえて突っ込まないのが大人のマナーだよね。

ジグさんは珍しくニヤニヤとイヤらしい笑みの色を目に浮かべている。

「アレイはこっちの世界では、結構モテるんだぞ？」

何、その試すような視線。勘弁してほしい。

私は深くため息を吐《つ》いてから、一気にまくし立てる。

「男のモテるって言葉は、女の『私の友達、可愛いんだよ！』って言葉と同じくらい当てになりませんよね？　ただし、女の『私の友達、美人なんだよね』ってレア言葉は信用に足ります。これ、今日の重点項目な」

「何、その授業みたいな口調。そんでもって、俺がモテるっていうのは嘘だって、暗に言ってるよね？」

「暗にではなくストレートに言います。いたら、三十路《みそじ》店長、女に騙《だま》くらかされてすでにデキちゃった結婚してますよね？」

「こ……こわっ！　いい男はみんな女に騙されてデキちゃった結婚、みたいな言い方しないでよ！」

「ソラちゃん統計で、女の『今日、安全日なの』の六割は、『多分ね』って言葉ついてますから‼」

「自分統計かよ！　そんでもって……ソラちゃん、君、そんなこと言って本当に――……」

そこでわずかに目じりを赤らめて目を逸らす店長。ヤメテ、誰得なの、気持ち悪い。

「カッチカッチの処女です」

「うわ～～！　恥じらってよ！　処女とかはっきり言わないでよ！」

耳を塞ぐ店長に、ジグさんが面白そうな顔をして言う。

「処女なら尚更いいじゃないか。お前、初物《はつもの》、好きだろ？」

店長はギョッと驚いた顔でジグさんを見て、次いでいつもより冷静さを欠いた声色で叫ぶ。

「は？　俺、そんなこと気にしないし！」

おいおい、店長、上ずるなよ。

「店長の経験談とか、本当にどうでもいい。店長、もう賞味期限切れているんですから、早くボウちゃんに食べられちゃってください。もう何度でも、繰り返し、食べられてしまえ」

すると、呼んだ？　と言わんばかりに、防犯カメラからチラリと触手が出てくる。店長が何か言いたげに口をパクパクさせていたが、それ以上、この話を続ける気は毛頭《もうとう》ない。

「そんなことより、店長は私の今日の大事件を聞いて、私に精神的慰謝料を払うべきです」

「えっと、すみません。話が読めないけど、俺が精神的慰謝料をソラちゃんに払うようなことをしましたか?」

「今日……、トイレから出てきたところを王子たちに見られた。乙女の心が大ダメージ」

「うおっ、全然俺と関係ねえ!」

店長は驚いているが、私の心は本当に大損傷を受けた。いつもと違って言い返さない私に、珍しく店長はオタオタしながら慰《なぐさ》めの言葉をかけてくる。

「いや、ホラ、生理現象だし、ね? 仕方ないんじゃないかなあ」

てめえ、今それを言うか。ナシカさんとの会話を聞かれていたかのような店長の言葉に、ギッと店長を睨みつける。店長はビシッと固まったが、そんなことで私の気持ちがおさまると思うなよ!

「ナシカさんにトイレ入っているところ見られるなんて……死にたい。凄く恥ずかしい」

「……その恥じらい、何で俺には向けられないわけ?」

「私より恥の多い人生を送っている店長に対して、向ける必要があるだろうか、いや、ない」

ブハッ、と大きく噴き出したのは、ジグさんだった。「クククククっ」と至極愉快そうに肩を揺らして、私と店長を見ている。私は吐き出したいため息を抑えつつ、店長を見上げると、事務室を指さす。

「店長、事務室にラフレ姫からの手紙、置いておきましたから」

それは嘘ではない。ただし、昨日、渡されたものだ。店長がシフト終わりに来たというのに、私としたことがパソコン前に置きっ放しにしていて、うっかり言付《ことづ》けし忘れていたのだ。今朝来た時もそのままだったので、店長は手紙の存在に気がつかなかったようだった。

こういう書類って、置いておくだけじゃ駄目なんだな、と再認識。

「ソラちゃん、俺宛ての手紙とかそういう大事なことは、先に言ってください」

私にボコボコに凹《へこ》まされていたのに、そういうことだけはきちんとした顔で言い渡してくる店長。それを私は「はーい」と間延びした返事で流した。こういう態度が、きっと就職できない理由なんだろうな、と思った奴、出てこい。潰す！　素直に謝れないことは十分分かっているんだ。ああ、どうして私、こんななのかな。

店長はまだ何か言いたげだったが、諦めて事務室へ引っ込んでいった。私は追い払えたことに安心しつつ、目の前の傍観者を軽く睨みつける。

「お会計、するんでしょ？」

そう問いかけると、ジグさんはニヤリと笑みを浮かべてから、おにぎりいっぱいのカゴを突きつけてきた。私は無言でそれらのバーコードを読み取っていく。

「消費期限、短いのもありますから早めに食べてくださいね」

「いや、結構切れてても食べられるだろ」

「お腹《なか》壊しても知りませんよ」

「こっちの世界では、こんな無駄に作り置きしてる店なんて、ひとつもないけどな」

呆れたような声に、私も思うところがないわけでもないが、それでも廃棄弁当を少しでも少なくしようと尽力しているコンビニは多い。一日単位で入荷数を設定するのは店長の仕事だが、日本のコンビニにいた時、店長がまるで魔法使いみたいにほぼ過不足なく弁当を入荷する業《わざ》には内心、惚れ惚れしていた。

どうやって、あんなにもほぼピッタリ弁当を入荷できるのだろうと思ったが、実は異世界人でした……って、そんなオチはいらない。

しばらくの間、ピ、ピ、ピ、とバーコードを読み取る音が続く。

「試してみるかと聞かれるのは、冗談でも困るのか？」

ピ。

「何をですか？」

ピ。

「神官も魔法士並みの性欲だぞ？」

ピ。

やはり気づいていたのか。

そうだよね、「店長だって魔法が使えるんでしょうから、アレもウサギ並みなんですか？」って、いつもならあけすけに言える下品な話も、「店長だって――」と言いかけて、言葉に詰まったのは私だ。下手をすれば何かのトリガーになるような気がしたから、言えなかった。危うくそれを引きそうになって手を放した私に、店長は気づいてなかったけど、ジグさんは分かったらしい。面倒くさすぎる。

「品がない」

ピ。

「言われると困るのか？　それとも言わせたくないだけか？」

ピ。

「別に店長とそんな関係になるつもりもないし。気持ち悪いこと言わないでください」

ピ。

「気持ち悪いねぇ？　お前の性格上、嫌いな相手なら一切会話しなそうだよな？」

ピ。

「勝手に私の性格、判断しないでください」

ピ。

「アレイもあれだけ言われても、お前と話すの楽しそうだしな。アイツのああいうところ、初めて見たわ、俺」

ピ。

「……」

ピ。

ラフレ姫も同じようなことを言っていた。日本では当たり前の店長が、プルナスシアでは全然当たり前じゃなかった――って何だよ、そのあからさまなフラグ。

「アレイの気持ち、気づいているんだろ？」

ピ。

「……」

ピ。

私はレジを操作して、最後に会計キーを押す。

「一四四〇ラガーになります」

合計金額を告げたあと、私はジグさんを見上げて挑むように言う。

「私が〝何も〟気づかないとでも――？　何一つ、このコンビニにおかしいことなんてないと愚鈍《ぐどん》に思っているとでも？」

ジグさんは私が言いたいことに気づいたらしい。わずかに片眉を上げて、それから肩を竦《すく》めた。

「そういうところがいいのかねぇ？　無駄に頭の切れる処女なんて、俺はゴメンだがな」

「私も無駄に友情に厚い幼馴染《おさななじみ》なんて、ゴメンですけど？」

ジグさんはニヤリと口元を緩めるだけで、何も言わなかった。

「ソラちゃーん、そろそろ上がっていいよ」

店長がそんなことを言いながら事務室から出てきた。店長の中では、ジグさんは客扱いしないでいい存在らしい。

タイムアップ。

ジグさんは金貨一枚、銀貨四枚、銅貨四枚をトレイにチャリチャリと散らして置く。

「んじゃ、俺は帰るわ」

と言って帰って行った。

「ありがとうございましたー」

私は定番の挨拶《あいさつ》でそう言うと、代金をレジに入れる。

「ん？　どうしたの？」

「何でもありませんよ」

おかしいと思うことはある。だけど今は、「何でもありません」で通させてくださいよ、店長。

7　異世界の売れ筋商品は？

九月二十二日。私はその日を多分、一生、忘れることはできないだろう――

「すんません、電池ってある？」

「……え？　あ、はい！」

私は今、驚愕《きょうがく》している。お客さんを前に、こんな凡ミスは久しぶりだ。だが、その原因がお客さんにあるのだから許してほしい。

目前のお客さんは、黒髪黒眼の、高校生ぐらいの少年だった。

「で、電池ならその目の前の棚に……」

「マジで？　これで充電切れてたゲーム機、起動できる――！」

はしゃぐ少年は、どう見ても学生服姿。そう、学生服。大事なことだから、三回言います。学生服。さらに詳しく言えば、白いシャツに黒のスラックスという、学校の特定が難しいほど定番の学生服だ。

そしてここはコンビニ。

学校帰りの少年が寄り道しているんですね、分かります——じゃないよ！

ここは異世界なのに、どうして日本の男子学生がいる⁉

これは何？　何かのフラグなの？

と思って、少年の後ろを見れば、ラフレ姫と似たような薄い桃色の貫頭衣《かんとうい》を着た中年男性が立っていた。

え……、中年男性……？

普通こういう時は、若くて綺麗なお姉さんではないのだろうか。そしてピンク、似合わなさすぎ。この前、ラフレ姫に神官は皆同じ服だと言われて覚悟はしていたけど、実際見てみると、つらいわぁ。しんどいわぁ。

そうなると、ラフレ姫と同じ神官であるうちの店長も、この服を着るのか……う、想像しただけでキモチ悪い。絶対、神官姿では来ないでほしい。切に願う。

「おねーさん、顔色悪いけど大丈夫？」

ニコニコ上機嫌の少年に、私は「大丈夫です」とだけ返して、電池を受け取る。その他には、ピーチジュースのペットボトルを一本。ピ、ピとバーコードを読み取って値段を告げた。すると男の子は後ろにいるおじさんを振り返り言う。

「ドンゴニ号神官、おねがいー」

ドンゴさんとやらは、やけに青ざめた顔色で目線を下げたまま、チャリチャリと私にお金を渡してくる。こっちを故意に見ようとしないその仕草が、何だか怪しさいっぱいだ。

少年よ、こんなおっさんについていって、君は大丈夫なのか？

「まさかコンビニがあるなんて思わなかった。お姉さんもコッチの世界の人？」

ニコニコしながら少年が聞いてきたが、すぐに私のネームタグを確認して首を傾げた。

「それ、名字？」

「……名字ですけど？」

「じゃ、日本人ってこと？」

「日本人ですけど」

少年は一瞬息を呑んでから、「へぇ～」と声を上げた。

「本当に他にも召喚しているんだ」

「ケンタ様、そろそろ中央神殿で認証の儀が始まるお時間になりますので」

ドンゴさんが少し慌ててそう少年に声を掛けた。ケンタという名前らしい。健《すこ》やかそうな名前だ。

「お姉さん、名前は？」

ケンタは、私をジロジロと見てから聞いてきた。

「藤森ですが……」

「名字はこの世界では名乗っちゃ駄目なんだよ。そんなことも召喚してきた神官から聞いてないの？」

初耳だ。確かにジグさんといい、王子といい、ラフレ姫といい、みんな短い名前だと思ったが、名字を名乗ってはいけない風習だったのか。

「奏楽です」

「ソラさんか。いいね、呼びやすい。俺はケンタでいいよ。ソラさんも来る？」

ナンパみたいにサラリと誘われて、私は一瞬対応に困ってしまう。

「今、バイト中なんで」

「だって、こんな森の中、誰も来ないじゃん。俺と中央神殿行こうよ。やっぱ、同じ世界の人がいた方が心強いし」

「君、いつこっちの世界に来たの？」

「ん？　今朝だよ。学校行く途中」

アッサリと返される言葉に、私は思わずドンゴさんの方を見てしまった。見るというより、睨むに近い。私はこの世界についてほとんど知らないが、店長から厳しく言われたことがある。それは、こちらの世界に興味がない私には全く関係のないことだと思っていた。

だけど、これは、何だ――？

彼は、入り口から入ってきた。つまり、異世界側からコンビニに入ってきたのだ。

だから、私は戸惑ったし、酷く驚きもした。普通のコンビニなら、学生が入り口から入ってくるのは当たり前だが、ここでは違う。

私の強い視線に、ドンゴさんがますます目を逸らす。それだけで、ケンタは私が知っていることを知らないのだと分かった。当然だろう。今朝来たばかりと言うのだから。

「変な世界だよね。しかも急に勇者とか言われて、ビビったよ」

ベラベラと自分のことを不用意に話してしまうケンタは、やけに子供に見えた。私は声が震えそうになりながらも、必死にそれを堪《こら》えてケンタに尋ねる。

「君、いくつなの？」

「十五歳。中三」

「お父さん、お母さんは……？」

「ん？　いるよー？　毎日、勉強しろってうるさいし」

「日本ではどこに住んでいるの？　住所は……？」

「え？　××だよ？」

ケンタの言葉が聞き取れなかった。同じ日本語を話しているはずなのに、住んでいる場所だけ、キン、と強い耳鳴りがして聞こえなかった。それが県なのか、都なのか、道なのか、府なのかさえ分からない。

まるでそれは聞き取ってはいけない言葉なのだと、言われた気がして――

「ドンゴ二号神官」

バックヤードから聞き慣れない硬質の声が響いた。そう感じたのは、いつもよりずっと低い声だったからだと、声の主《ぬし》を見てから気づいた。

現れたのは、薄いピンク色の貫頭衣《かんとうい》に身を包んだ店長だった。いつもは豚のしっぽよろしく縛っている髪の毛も、今は下ろしている。その姿は想像したよりも、ずっと自然で普通だった。むしろ、これが店長本来の姿なのだ、とすんなり理解できた。

「アレイ一号神官……」

以前、一号って偉そうと思ったが、二人を見て一目瞭然だった。店長の方が偉いのだ。ドンゴさんは店長から滲《にじ》み出る怒りに、ダラダラと汗をかき始めていた。

「おお！　他にも神官いたんだ！　俺、ケンタです。ドンゴ二号神官に、世界樹に巣食う魔物を退治するように言われた勇者です」

ケンタの溌剌《はつらつ》とした声が、今の私には痛い。それを店長も感じ取っているのだろう。一度だけ私に視線を移すと、

「今日はもう帰っていいよ」

と言った。いつもの軽い店長の声で。

「え……、でも、次のバイトさん……」

「臨時休業。バイト代は勤務したと見なして出しとくから、すぐに帰りなさい」

口調は丁寧だが、まるで何かから私を遠ざけるような物言い。それは隠し事をしているのがまる分かりで。

「えー、ソラさんも行こうよ。オッサンばっかで、俺、嫌だよ」

ケンタが駄々をこねるが、店長が優しく諭《さと》す。

「中央神殿には綺麗なお姫様もいっぱいいるぞ？」

「え、マジで？　んじゃ、行くわ！　ソラさん、またね～」

現金なケンタが、いっそ切ない。

青ざめているドンゴさん。見たこともないキツイ表情をした店長。その雰囲気に気づかない……

いや、気づきたくないかもしれないケンタ。

ちゃらっちゃら、ちゃらちゃららん。

その音をこんなに聞きたくない日なんて、初めてだった。

※　※　※

「ただいまあ」

「奏楽、お帰りい！」

大きなお腹《なか》をさすりながら出迎えてくれたのは、嫁に行った姉だった。

臨月のため、こうして里帰り中だ。電車で二つほど離れた場所に住んでいるくせに、しかも病院にはそちらの方が近いにもかかわらず、姉は悠々自適な里帰りライフを満喫している。

「またお腹大きくなったんじゃない？」

「うん、そろそろ産まないと苦しいわー」

そう言いながらお腹を軽くポンポンする。ヤメテ、見ている方が怖いわ。

「ん？　どうしたの、疲れた顔して」

暇なのか、姉は私の後ろをついてきて一緒に部屋に入ってくる。姉の結婚前にはそれなりに会話の多い姉妹だったので、姉のそんな態度を当たり前に受け止めた。

鞄《かばん》を机の脇に置くと、もう使いもしない教科書の山が本棚に並んでいるのが視界に入った。それらには、色んな思い出が染みついている。

(中学三年生とか……)

今日、会ったあの少年は、何も知らなかった。何も知らないまま、無邪気に「俺、勇者です」なんて言って。

「奏楽、どうしたの？　何か怒ってるの？」

姉の心配する声に、私は「大丈夫」と返す。こうして心配してくれる家族だって、あの少年にもいただろう。だけど突然、何の前触れもなく、それが奪われる――

それは何て、残酷なことだろうか。

「お姉ちゃん、私、ちょっと今のバイト先、嫌いになりそう」

凄く楽しいし、知り合いになる人たちは皆優しくて、いい人ばかりだ。

だけどケンタの一件で、私は私がいる場所の危険を思い知らされた。それも、私が考える以上に最悪な形で。

「奏楽、嫌なら辞めてもいいんだよ。正社員じゃなくてもいいじゃない。契約社員で働き始める子も今はいっぱいいるよ？」

心配そうにそう言ってくれる姉の言葉に、泣きそうになった。〝奏楽〟って漢字で呼んでくれていると分かるイントネーションが、とても嬉しかった。

でも……あの子は、あの少年は……

ケンタは、もう、二度とこの世界に帰れない——

九月二十二日。その日、異世界プルナスシアに一人の少年が召喚された。

そしてこれが、私と異世界コンビニの転機となるのだ。

※　※　※

翌日、コンビニに店長はいなかった。事務室に書き置きがあって、勤務時間終了したら帰っていいと書かれていた。次のバイトさんが来るまで待っていようかとも思ったが、本当にバイトさんが来るのか何だか怖くてできそうにない。

それでも、お客さんはいつも通り来るわけで。店に来たのは、今日は珍しくナシカさん一人だった。

「どうしました？　元気がないですね？」

ナシカさんが私を心配そうに見てくれる。私はやんわりと微笑みながら尋ねる。

「今日、王子は？」

「中央神殿で行われている、勇者の討伐同行者会議に参加中でして。今日はポテトが食べたいと駄々をこねられたので、私はそのおつかいです」

「あ、それじゃ、ジーストさんだけ王子の傍に？」

「ええ。ジーストと、あともう一人の騎士が」

きっと、最初の時に王子と一緒にお供で来た人だろう。あの日以来、いつも来ているのはナシカさんとジーストさんだから、名前も知らないが。

「勇者って……」

「ソラさんと同じ世界の少年のようですね。世界樹に魔物が巣食ってしまったのですが、その対処を焦ったスクラント国が神官に無理を言って、勝手に召喚してしまったようです」

初めて聞く国の名前だ。

「召喚って、そんなに簡単にできるんですか……？」

自分で聞いておいてなんだが、できるのだろうな、とは思った。だって、私は毎日ここにバイトに来ているが、ドアを開ければ異世界コンビニに繋《つな》がっている。また、他のバイトさんとうっかり鉢合《はちあ》わせしてドアを開けた時は、日本のコンビニのままだった。つまり、私一人でいる時、かつ誰にも見られないという条件で、こちらの店舗に来られるのだ。

そんな細かい条件付けがあっても可能であれば、召喚自体はそれほど難しくないことなのだろう。

「できると言えばできるし、できないと言えばできない……ですかね」

曖昧《あいまい》な返しは、答えになっていない。私が不安げにナシカさんを見つめると、ナシカさんは困ったような顔をする。

「この店のように、〝場〟を召喚できるのは、限られた神官だけです。ラフレ姫も神官としては一流ですが、〝場〟の召喚まではさすがに……。〝人〟だけなら召喚できるのですが、〝人〟のみを召喚すれば、最悪、世界樹に取り込まれてしまいますからね」

「え？　取り込まれる……ですか？　世界樹って樹、ですよね？」

「世界樹は意思を持ちます。ただの植物ではないのです。言葉の通り、取り込むというのは、世界樹に吸収されることを言います。世界樹の根が意思をもって自分の体内に〝人〟を引きずり込むのです」

何だ、そのモンスター。それ、樹じゃないだろう。地球のどこを探したって、実際に人間を根に引きずり込む樹の話なんて聞いたことも見たこともない。あるとしても映画や小説くらいだ。

残酷な言葉に、ヒュッ、と喉《のど》が鳴った。脳裏にケンタの無邪気な顔が過《よぎ》る。

「な、何で人を吸収するんですか？」

「〝異世界人〟だからです。世界樹は〝異世界人〟を取り込まずにはいられない。そういう存在なのです」

店長はそんなこと、一言たりとも言ってはいなかった。どう考えても、危険だというのに。ケンタは大丈夫なのだろうか。青ざめていく私に、ナシカさんは優しく言葉をかけてくる。

「そうならないために、認証の儀があるのです。プルナスシアに迷い込んだ異世界人はすぐに保護され、中央神殿にある特別な部屋で認証の儀を受けることにより、世界樹に襲われなくなります」

だから、大丈夫ですよ、とナシカさんは言ったが、私の中では全然大丈夫ではなかった。

むしろ、悪い考えばかりが頭を過《よぎ》る。

「ケンタは大丈夫でも、私は神殿には行けないんですけど……」

ある日突然、入り口から太い木の根っこが入店してくるとか、ホラーすぎて笑えもしない。

「ソラさんは大丈夫です。この〝場〟は、とても強い力で守られていますから」

私の不安を察したのだろうか、ナシカさんがさらに強い口調でそう言ってくる。

「それに世界樹だって、あなたを取り込むことはしたくないんですよ」

「……？」

「中央神殿の考えることは、一国の近衛《このえ》の知るところではないのでしょうが、あなたに何も教えないのはどうかと思うんですよね。ですから――」

「それ以上話すのは、アレイに許可取ってからにしろや、にーちゃん」

ナシカさんの首元にカチャ、と剣が突きつけられて、私はギョッとした。コンビニの入店音は鳴らなかったのに、ジグさんがいたのだ。

「ジグさん、いつから……？」

「ん？　ソラが来る前から店の中にいたぜ？」

ジグさんはニヤリと笑ったが、バックヤードにも事務室にも彼がいなかったのを私は知っている。

訝《いぶか》しげにジグさんを見るが、ジグさんは気にする様子なくナシカさんに剣を突きつけたまま、忠告する。

「あいつのやり方だ、口出しはするな」

「分かっております。ただ、もし何かがあった時、知らないままだと大変なことになりますから」

「そうだな、それは俺も同意する」

「では、そろそろ帰ります」

ナシカさんの言葉で、ジグさんは剣をしまう。このコンビニの中で、ジグさんが剣を鞘《さや》から出したのは初めてのことだ。その剣がしまわれて、ようやく私は自分の手に脂汗《あぶらあせ》が滲《にじ》んでいることに気づいた。

「ソラさん」

「は、はいっ！」

ポテトの会計を終えたあと、ナシカさんは私に向かってニコリと微笑む。

「我が国では異世界人をとても大切にします。もし、こちらに永住することになりましたら、是非キザク国を考えていただけると嬉しいです。もちろん、あなたが一生困らない程度の蓄《たくわ》えもありますので、安心してください」

いつもなら、好《この》みの美青年にこんなプロポーズまがいの言葉を言われたら鼻血を噴いていただろうが、さすがに今はそんな場合ではない。

「私、こっちの世界に来る気はないです」

キッパリハッキリそう宣言すれば、ナシカさんは嬉しそうに笑った。

「そうですか」

「はい、そうです」

「今度はハクサ殿下と共に来ます。そうしないと、あの人、すねますからね」

ナシカさんは珍しく気軽な口調でそう言って、店を出た。

退店の軽やかな音が店内に響く。

私は店に残った大男を見上げる。この男もやはり、店長同様、食えない男なのだ。

「わざとナシカさんとの会話、止めなかったでしょ」

だって、外から入ってこなかったということは店の中にいたということだ。いつでも止めることができたはず。私たちの会話を遮《さえぎ》る絶妙のタイミングを計っていたのだろう。今の私に必要な知識を与えるために。

「ああ。少しはこっちのこと、分かっただろう？」

「なんとなく分かりつつあることが怖くて、嫌です……」

場、中央神殿、世界樹。

知らない単語の羅列は、やがて一筋の道を示すのだろうか。

「──なんてシリアス展開にいい加減飽きてきた私のために、一言言いたい！」

「ん？」

私はバンッとレジカウンターを叩くと、ジグさんに向かって叱り飛ばす。

「あれほど、消費期限の切れたおにぎりを食べてはいけないって言ったじゃないですか！」

「……」

サッ、とジグさんが視線を逸らす。事態はかなり深刻だ。というか、マジで勘弁してくれ。

世界樹とか勇者とかよりも、今の私には重要なことがある。

三日前、この傭兵《ようへい》は大量におにぎりを買い込んだ。いいか、三日前だ。

私はバイトを休んだ。これが二日前。

昨日、勇者ケンタの来店日には来なかったジグさん。

イカマグロとか当然生ものだから、消費期限も短い。外がどんな気温なのか分からないが、冷蔵しておけないなら半日以内には食してもらいたい！ というか、食え！

「店員のいない間に何してんだ、アンタ‼」

バックヤードにも事務室にもいなかったジグさん。鳴らなかった入店音。

あと、この店舗で人が隠れていられる場所って、どこだ？

いや〜‼ 考えたくない！ だけど、それが分かってしまう自分が嫌だ。

「……便所掃除も店員の仕事だろ？」

「私が勤務してから一時間経ってるんですけどっ？ 一時間！ 怖いんですけど！ その間、ずっとトイレって、すっごく怖いんですけどっ……！」

ナシカさんとの会話が佳境に入ったので、やむを得ず出てきたとか、考えたくもない。

ジグさんは、わずかに逡巡《しゅんじゅん》した。しかし、私の疑いの目からは逃げられないと思ったのか、それとも男らしく言った方が良いと考えたのか。そんな男らしさ、要らないけれど。

ジグさんは、きっぱりと言った。

「紙が足りなかった」

「！」

「流れなかった」

「!!」

私はトイレを指さすと、あらんばかりの大声で叫んだ。

「今すぐトイレ、掃除してこいや――――！」

トイレ掃除は店員の仕事。分かってます。凄く分かってます。トイレットペーパーの予備をきちんと確認しろってお叱りも、凄くよく分かります。

だけど、昨日、私はトイレットペーパーの予備が二つ置いてあったことを確認済みだ。二つだよ？　二つ！　設置されたものを含めたら三つ。その紙、どこ行った！

「……どうしてそうなった？」

「安心しろ。詰まったのは紙だ」

「いや、偉そうに宣言しないでよ。こまめに流しなよ！　馬鹿なの？　馬鹿の幼馴染《おさななじみ》もやっぱり馬鹿なの!?」

「水を流す便所なんて、俺は普段使ったことがない」

「開き直るなよ！」

私は事務室に置いてあるプリンタ用の紙を取り出すと、それにマジックででかでかと〝使用禁止〟の文字を書く。そして、ペタリとそれをトイレのドアに貼り付けた。

「どうするんだ？」

おい、当事者。何、懲《こ》りずにおにぎりをカゴに入れてるんだ！

私はギロリとジグさんを睨む。

「幼馴染の尻拭いは、幼馴染の店長さんにしてもらいますよ！」

「お、トイレだけに尻拭いか！　うまいな！」

「何にもうまかねーよっ！」

そのあと、店長がどうなったか私は知らない。ただ、休み明けにバイトに行ったら、トイレは使用可能のピカピカ状態になっていて、店長は燃え尽きていた。

店長、あんたの尻拭い、しかと見届けさせてもらったぜ……！

8　ラスボスは誰？

「温めますか？」

「ム？　何を温めるのだ？」

相変わらず残念王子……というか、残念率高すぎるこのコンビニ。もう泣きたい。

こんにちは、今日も元気にコンビニ店員している藤森奏楽、二十三歳。就職浪人中。九月も第四週を迎えました。それでも元気に就職活動。

この前、二次面接まで行った会社で、「あなたが当社に入ったらどんな点で、会社を守《も》り立てていきますか」とか言われて、そんなの会社勤めしたことない人間に聞くなよ、知らんわボケ、と思いつつも、「御社の社員と結婚する可能性がありますので、結婚率をわずかながらアップできます」って答えたら、生温《なまあたた》かい笑いを返された。

奇をてらいすぎたのか、スコーンと不採用だったけど、間違ってないよね？　だってその会社、ＳＥ《システムエンジニア》ばかりのせいか、アウトドアしないタイプの白魚《しらうお》男子がたくさんいたんだもの。私の好《この》みがいっぱい、いたんだもの。

「就職先に結婚相手を求めて何が悪い」

「いや、ソラちゃん。手を動かそうよ」

店長が私の手元を見ながらそう注意してくるので、私はため息を吐《つ》いて言った。

「だって、弁当持って温めますかって聞いてるのに、何を温めるか聞かれるとは思いませんでした」

「何を温めるんですか？」

丁度王子と一緒に来店していたナシカさんが、楽しそうに聞いてくる。

この人、意外にノリがいいんだよね。

「ナシカさんを私で温めます」

「ここはコンビニ！　やめてよ！　そんな風営法にひっかかるようなこと言うの！」

この前、トイレ掃除してから涙目な店長は、今日も元気に涙目です。

「ム？　お前が余を温めるのか？　生憎《あいにく》、貧相な娘に温めてもらうほど不自由はしてないが」

「王子の場合、温めるのは弁当だけです。あんたは一生、ラフレ姫の温《ぬく》もりも知らずに冷えていけ」

「貴様……！　キザク国第五王子である余に対してその振る舞い……っ！」

王子が肩をふるふると震わせながら、腰の剣に手をかける。私はサッと後ずさりしつつ、王子の後ろに控えているジーストさんに声を掛ける。

「きゃあ、ジーストさん。あなたの国の王子様が善良な一般人に暴力を振るおうとしています！」

「ハクサ殿下。せっかく勇者のパーティに選ばれたのに、そんなに短絡的な行動をしてはパーティを外されてしまいますよ？」

「そ、それは困るっ！」

慌てる王子。一方、私はジーストさんの言葉の方が気になった。

「勇者の、パーティ、ですか？」

「ええ、勇者はこれからプルナスシア中に広がる世界樹の根を回って、そこに巣食う魔物を退治していくのです。今回、そのパーティにハクサ殿下が同行することになりまして。ハクサ殿下直々《じきじき》の立候補ではありましたが、元々それなりに使えるので、中央神殿から許可が下りたのです」

「第一回の討伐は明日からだ」

誇らしげに王子は言う。勇者というのは、やはりあの少年なのだろうか。

「勇者って、ケンタって子ですか？」

「ええ、そうです。勇者ケンタ殿に、騎士としてハクサ殿下と私。魔法士にはナシカ。そして神官は、ケンタ殿の希望でラフレ姫です」

「うわぁ……凄くジーストさんとナシカさんに同情します」

確かにケンタは店長たちに連れて行かれる時に、神殿にはお姫様がいると聞いて嬉々《きき》としていたが、そのお姫様がラフレ姫とは……いや、あの子、凄く可愛いので当然と言えば当然なのですが。

「ラフレ姫って確か十八歳でしたよね……？」

「五歳年上のおじさんより、三歳年下のピチピチの若者の方が、いいかもしれませんね」

ナシカさんがサラリと毒を吐いた。

「ぐぐ……お前たち！　余に何か恨みでもあるのかっ!?」

「いいえ、滅相もございます」

ジーストさんが間違った日本語を使っている。いや、そう私に聞こえるだけだろうか。

いつもと変わりない温和な笑みを浮かべながら、ジーストさんは王子に淡々と声を掛ける。

「普通、勇者のパーティには、同年代の人間が選出されます。ハクサ殿下もご存じだと思っていましたが、まさか十近く年上にもかかわらず立候補されるとは思いもしませんでした。キザク国が中央神殿に寄付している額は、ナナナスト国に次いで二位。その国の王子の要求を中央神殿がはねつけることは難しいと分かって、あのような暴挙に出られるとは……」

ジーストさんがわざとらしく首を横に振る。余程、ゴリ押ししたんですね、王子。

「仕方ないではないかっ！　ラフレがもしあの小僧と結婚なんてことになったら、一体どうしてくれよう！」

「祝ってあげればいいじゃないですか」

私はニコリと笑いながら言った。

ギッ、と王子が怒りを露《あら》わにして、こちらを見てくる。今まで冗談じみていた空気が、険悪の色を孕《はら》む。それでも私は動じない。

「ラフレ姫、今、フリーなんでしょ？　彼女が誰と結婚しようが、それは彼女の自由のはず。それを、元婚約者がずけずけと邪魔する理由ってないですよね？」

「貴様……っ」

ギリギリと唇を噛みしめ、腰の剣に手をかけた王子が、本気の形相になった。勇者とパーティを組むほどなのだから、たとえお供が二人いても、王子はナマクラではないのだろう。

だけど、そういう問題じゃないよね？

「いつまで〝元婚約者〟って肩書きしか持たないつもりでいるんですかね。立場とか醜聞《しゅうぶん》とかこだわってる限り、欲しいものは手に入んないでしょ？　せっかく同じパーティとやらになったんなら、〝元婚約者〟じゃなくて〝求婚者〟ぐらいの肩書き手に入れてみせろや、ヘタレ王子」

そう言うと、私は先ほど勝手に温めておいた弁当を王子に突きつけた。この弁当のように熱くなれ！　という私の叱咤激励、届いただろうか。

王子はハッと目を大きく見開くと、何か言いかけたが、大人しく熱い弁当を受け取った。

「中央神殿へ向かう」

ちゃらっちゃら、ちゃらちゃらちゃららん。

王子が出ていくと同時に鳴ったいつもの軽やかな音が、今日はとても勇ましく聞こえる。こちらにペコリと頭を下げて王子についていったジーストさんとナシカさんには、笑顔で「ありがとうございましたー」と言っておいた。

「あの、さ……」

一部始終を傍観していた店長は、チロチロと私の顔色をうかがいながら問いかけてくる。

「ちょっと良いこと言った風だけど、アレ、玉砕《ぎょくさい》しかねないと思うんですが……」

「玉砕してもいいんじゃないですか？　白黒きちんとつけないから次に進めないんだし」

だけど、木端《こっぱ》微塵《みじん》にはならないと思うんだよねぇ。あのラフレ姫の態度からしても。

まあ気まずさは残るだろうし、時間はかかるだろうけど、自分でまいた種なんだから、そういうのきちんと刈り取ってケジメつけてこそ、男でしょう。ケジメつけたら意外に勝算は高いんじゃないかと、実は思ってる。あんな残念王子のどこがいいんだか、私にはさっぱり分からないけど。

「玉砕してもいいって、ソラちゃん、男心を何だと思ってるのさ」

「時間なんて、自分が思っている以上に早く進んじゃうんですよ？　勇者に掻《か》っ攫《さら》われるのが嫌なら、早めに手を打たないと駄目でしょ」

「確かにそうだけど……」

店長はモゴモゴとまだ歯切れが悪い。私は「何ですか」と店長の方を見て問いかけた。わざわざ店長の顔を見上げるサービスつきだ。

いつもなら顔も見ないし、話半分にしか聞かないので、大奮発の対応だ。

すると、店長は大きな体でモジモジしながら聞いてくる。

「そしたら、ソラちゃんも……。あの……ナシカ君に告白……とかするわけ？」

「は？　するわけないでしょ。〝好み《この》〟と〝好き〟って、違うんですよ。好みだからって単純に好きになれたら世話ないじゃないですか。何をモジモジしながら、バイト店員に恋バナ聞いてくるんですか。気色悪い」

「ソ、ソラちゃん、心の声になるどころか正面切ってのそのセリフ……俺、この前のトイレ掃除と同じくらい泣きそうだよ――！」

キャンキャンとうるさい店長に、さらに私は無慈悲な鉄槌《てっつい》を下《くだ》す。

二十三歳の、あんたより六つも下の小娘に、こんなことさせるな、と内心苦りながら。

「たとえ好きになったとしても、私はあっちの世界の全部を捨ててこっちに住むのは無理です」

きっぱりとした宣言。

全部を捨てて恋に生きるって、お話としては素敵だけど、それってどうなのかな？

だって、自分をこれまで育ててきてくれた家族は、突然自分が消えたらどう思うだろう？　時間が解決してくれる……なんて思うのは、消える側の勝手な気持ちで、消えられた側にしてみたらたまったものじゃないだろう。死んだかさえも分からず、声も、祈りも、届かない。ただ、その人がいないという喪失をひたすら消費される時間の中で耐えていくなんて、私は家族に強《し》いることはしたくない。それが選べる立場であるのなら、尚更、自分の恋のためだとしてもできない。

環境だって重要だ。ボウちゃんやジグさんが必要なほどの治安の悪さ。水洗トイレもあまりないインフラの整わない場所。王族の側室認可制度は、王族の血を絶やさぬためにあるのだろうが、それには女性の出産環境がきちんと整っていないことも大きいのではないか。清潔で安全が保たれた日本で暮らしてきた私には、そこで生きていく自信はない。

そんなことが、異世界に片足も突っ込んでない私でさえ知れる世界なのだ。現実はもっと厳しいだろう。

恋という一時《いっとき》の熱病で決めていいことではないはずだ。

「……そっか、そうだよね。だから、俺、ソラちゃんをここの店員に選んだんだ」

店長が、へらっと笑った。

そして安心したような、どこか切なさを秘めたような瞳で、私を見下ろす。

折れたのは何かのフラグであって欲しい。

嫌いじゃないくらいがちょうどいいんだって、分かれよ、馬鹿。

家族以外にポンポンと弾むように会話を楽しめる相手ができてしまったことは幸福で、だけどそれが店長だったことは最大の不幸だ。

いっそ、何度も繰り返しているように、「ウザいし気持ち悪いし」で嫌いになれたらいいんだ。

気がついたら……ってどこの少女漫画だよ。馬鹿じゃないか、私。

それなのに、美味しそうに餌《えさ》をまいてくれちゃって、無自覚？　無自覚なの？　釣るつもりがあろうがなかろうが、私、釣れかかってるんだけど。

処女の単純さを舐めないでいただきたい。

「ところで、さっき温めた弁当ってさ……」

店長が話題を変えてきたので、私もスパッと切り替え、満面の笑みで答えてやる。

「冷やし中華です」

季節は九月だが、ファンファレマートでは今月末まで冷やし中華が販売されている。仕入れ数は圧倒的に少ないが、それでもちょぼちょぼと売れるからだ。残暑の日が続くからだろう。そういう、季節にこだわらないファンファレマートの方針は嫌いではない。

そして無論、冷やし中華なので温めて食べる料理ではない。

「うわあ……」

店長がドン引いていたが、あんただって止めなかっただろうが。

純粋な王子の好意は微笑ましいが、それで他の女と試しに寝てしまう頭の悪さはどうかと思う。処女の潔癖《けっぺき》さを舐めないでいただきたい。

※　※　※

自慢にもならないが、私の人生に負い目や後ろ暗いところはほとんどない。いや、忘れてしまっているだけで、誰かを傷つけたり、怒らせたりした過去はあるのかもしれないが、それでも誰かに「一生恨みます」なんて言われたことは当然ないし、殺されかけたこともない。極めて順調に歩んでいると言えるだろう。

あとは就職先が決まればいいんだけど、大学を卒業して早半年以上。すでに四年生で内定をもらっていない就職浪人予備軍が増えつつある季節だということは自覚している。

だから、たかがバイト先で、将来の不安の芽になりそうな要因とは、あまりかかわり合いたくないのだよ、ワトソン君……

「また電池なくなっちゃってさあ」

ヘラヘラと笑いながら現れた勇者ケンタは、いつもと変わらない学生服。白いシャツが眩《まぶ》しいが、替えのシャツもないだろうに一体どうやってこの清潔さを保っているのか。九月もそろそろ終わるけれど、彼に冬服は支給されるのか。内心疑問には思ったが、問いかけることはできなかった。ともすれば忘れてしまいそうになるが、私とケンタでは立ち位置が違う。

日本に帰れる私と、帰れないケンタ。その差は大きすぎる。私が日本に帰れることを知らないケンタに対して、不用意な発言はできない。

ケンタは電池の他に、この前と同じように甘いピーチジュースのペットボトルを手にしている。桃系の甘い飲み物は女子人気の方が高いのに珍しいな、と思った。まあ、いちいちお客さんの購入物に何か言うつもりもないが。

「六六〇ラガーになります」

「パソコンがあれば少しは暇が潰せるんだけど、こっちの世界、全然娯楽がなくてつまんない。ソラさんもそう思わない？」

この前はおっさん神官に払わせていたケンタも、今日は自分で財布代わりの袋の中から銀貨と銅貨を出してくる。確か前回、第一回目の討伐だったと王子が言っていた。王子たちが討伐に行くと言っていた日から三日しか経っていないのにもう終わっているということは、どれだけ相手が弱かったのか。否《いな》。どれだけ、ケンタが強いのか。異世界から勇者を召喚せねばならぬほど、逼迫《ひっぱく》していた出来事だ。決して生易《なまやさ》しい討伐ではなかったはずだ。

ケンタの持つチート能力の片鱗《へんりん》を見た気がした。

営業スマイルを保つ私の前で、ケンタは一緒に来たラフレ姫に色々と日本の物について説明している。

「ぱそこんとは何ですか？」

ラフレ姫の問いかけに、ケンタはニコニコしながら答える。

「パソコンはパソコンだよ。まあ、俺はタブレットを持ってたから、そっちの方ばっかやってたけど。あー、あのゲームアプリ、毎日ログインしていたのに、こっち来たせいで全然ログインできねえ……！」

そうぼやくケンタに、ラフレ姫は難解な呪文を聞いたかのように、目を白黒させている。

「ケンタの国の魔法具ですか？　ケンタは母国では有名な騎士で、たくさんの兵士を従えていたのでしょう？」

ケンタが何のことを言っているか分かっている私は、それは違う、と声を大にして言おうとした。

だが、そんな私の口を遮《さえぎ》るように、ケンタが声を被せてくる。

「そうそう。スーパーレアの兵士《カード》、たんまり持っていたんだ。無課金で頑張った俺の努力がなぁ！」

兵士とか言って、どう考えてもゲームの話だ。訳知り顔からして、適当に自分設定でも作ったのだろう。私にもニヤニヤしながら目で「分かる？」と聞いてくるところが小賢《こざか》しい。

それでも、この少年は勇者だ。

「今度はソラさんも一緒に行こうよ。大丈夫。異世界人特有チートってやつで、おっさんたちの手、全然借りなくても退治できるんだ」

「おっさんって……」

「そうですね、おっさんですね」

ラフレ姫がニコリと微笑んだ。あ、王子のことですか。十五の少年から見たら、確かにアレはおっさんだ。となるとケンタからすれば私もおばさんになるんですが。

しかし、しつこく私に声を掛けるのは、きっと同郷のよしみだからだろう。その裏には〝望郷〟も隠れているかもしれない。

ケンタがあの事実を知ったかどうかは、見ただけでは判断できない。以前と同じ少年らしいテンションのようにも思えたし、どことなく陰が差しているようにも見える。

だけど、本当のところはどうかなんて、絶対に私からは聞けない。

「私はここの店員だから無理なんですよ」

「えー、せっかく異世界にいるのに、もったいないじゃん！　こっちってスゲエよね？　木の根っこの中に管車《かんしゃ》っていう、電車みたいなのが走ってんの。あんなに大きな木、俺、初めて見たよ！俺の仕事って、その管車を襲う芋虫とかムカデみたいなのが大きくなった魔物を倒すことらしいん

だ。まさか実際にゲームみたいな経験するとは思わなかったなぁ！」

キラキラとした目で自分の役割を話すケンタは年相応だ。むしろ、それよりも幼くさえ感じられた。

ケンタの見たプルナスシアは、まさに〝異世界〟だったのだろう。地球ではあり得ない世界樹の存在、魔法、そして魔物。やはり男の子というだけあって、冒険とファンタジーの世界と聞けば胸が弾むのかもしれない。

その興奮が彼の中に渦巻《うずま》いていると見て取れるうちは、きっとまだ大丈夫なのだ。

「ケンタ、そろそろ行かないと、スクラント国行きの管車の発車時刻に間に合いませんよ」

「はぁい。ラフレ姫、今度は隣に座ってよ」

甘えるケンタを、ラフレ姫は弟に対するように優しく見ながら、「いいですよ」と応えた。

「え？　また討伐に行くの？」

私が驚いて問いかけると、ケンタは肩を竦《すく》めた。

「なんだか虫が凄い多いんだってさ」

思った以上に勇者業というのは忙しいらしい。

「あの金髪のおっさんたち、いつもガヤガヤうるさいんだ。本当に、何言ってんのか分かんねぇ」

私もそう思う。だが、それは王子の平常運転なのだ。特にラフレ姫がかかわることとなれば、さらにトップギアになるのは見ていなくても分かる。ジーストさんとナシカさんの苦労がしのばれる。

「そういえば、王子たちは？」

勇者と同じパーティなら、ここにいてもいいはずなのに、姿が見えないというのも不思議な話だ。

ラフレ姫は少し困ったように微笑んで言う。

「駅にいます。管車の座席をどうするかで揉めてるんです」

「管車って、二人席か三人席しかないんだ。ラフレ姫と座ろうとしたら、おっさんがうるさくてさ」

必死だな、おっさん王子。

「妥協案で、俺とラフレ姫と王子で三人席にしろとか言うんだけど、そうなると残りの男二人で二席になるんだ。二席って普通、男二人では座らないんだってさ。ホモ扱いになるらしい」

「う、それはジーストさんとナシカさんが可哀想すぎる……！」

異世界の常識をちょっとだけ知ったが、本当に聞けば聞くほど、日本とは違うんだな、と感じた。

「どうせ俺だけで戦うなら、ラフレ姫と俺だけでもいいと思うけど？」

「ケンタは強いですが、王子は魔法を使わずして発火ができる特異体質なので、少しは役に立つ日がくる……かもしれませんよ？」

ラフレ姫がやんわりとフォローらしきものを入れたけど、全然フォローになってない。私の冷し中華の激励は、どうやら失敗に終わったようだ。残念すぎるよ王子。

そして王子の特異体質というどうでもいい情報をゲットしたが、それって全く役に立たない情報だ。

「あーあ、どうせならハーレムパーティが良かったよ。何で筋肉ガチムチのおっさんなんだか……」

ケンタのぼやきには心底私も同意するけれど、それを一コンビニ店員にぼやかれても困るのだが。

「ケンタ、行きましょう」

ラフレ姫に促《うなが》されて、ケンタは「はぁーい」と間延びした声で返事をした。

その姿は、ラフレ姫に好意を抱いているというよりもやはり甘えているといった感じで、仲の良い姉弟のようだった。

「じゃあ、ソラさん。バイト休みの日に、一緒に街で遊ぼうね！」

無邪気にケンタはそう言うと、定番の退店音を鳴らして、次の討伐へと向かっていった。

「ふぅ……」

思わずため息が零《こぼ》れてしまう。

「あの坊主が苦手か？」

突然、今まで空気に徹していたジグさんがおにぎりコーナーから話しかけてきた。

今日もカゴに大量のおにぎりを積んでいるので、是非とも売れ残りのクーラーバッグと保冷剤を一緒に買ってもらいたい。

「不安要素がありすぎて怖いです」

陽気な雰囲気のケンタの心中を察することはできない。できないが、ケンタの様子から、私が日本とこちらを自由に行き来できる人間だということを知らないことは確かだった。

ケンタの顔には、私に対する親愛の情は見て取れるが、それ以外の負の感情はない。だからこそ、それが不安として私に重くのしかかる。

「まあ、ほぼ正解だ。中央神殿でも毎日、あの小僧について議論中らしい。お前はあっちに戻れるけど、小僧は無理だしな。ここに来ないようにさせたいが、小僧への言い訳がつかねえんだろう。だから、アレイの奴もほとんどこっちに来ねえだろ？」

それは確かにそうだった。三日に一度はいそいそとやって来たのが、最近は顔を合わせていない。ケンタのことでそうなっているのだとしたら、ちょっと不安になる。

「そういえば、世界樹って人みたいな思考があるって本当ですか？」

色んな人から色んなことを聞いてきたから、ちょっと頭の中を整理したくなり、ジグさんに質問してみた。

「この世界を作った樹だとも言われているからな。会話はできないが、意思はあると言われてる。上位の神官にはそれを感じられる奴もいるんだと」

ジグさんのこざっぱりした説明で、この世界の成り立ちがぼんやりとだが見えてくる。

世界樹が中心の世界。それを神木《しんぼく》と崇《あが》め奉《たてまつ》る中央神殿。神官としての店長やラフレ姫の役割。

口元に手を当てて考えながら、もう一つ気になっていたことを聞いてみる。

「私も、外に出たら強くなったりする……ってこと、ありますか？」

店長は、私にはチート能力はないと言っていた。だから外は危険だとも。

ジグさんの眼帯で覆われていない左目が、興味深げに私を見下ろしてくる。

「強くなるんじゃねえか？　異世界人は世界樹の〝特別〟だ」

わずかにチクリとしたのは、店長に嘘を吐かれていたことを確信したからか。多分、故意に店長はそのことを私には言わなかったのだろうと思った。言いたくなかったからか、それとも何かが原因で言えなかったのか。

「特別……だから？」

ケンタの力は異世界人特有のチートなんだと言っていた。ナシカさんだって世界樹が取り込むのは異世界人だけだと言っていた。この世界にとって、私たち異世界人はどうして特別なんだろう？

ポンポン。

何か分かりかけていたところに、大きな手で頭を叩かれる。そのせいで考えが霧散《むさん》してしまい、私は顔を顰《しか》めてジグさんを睨んだ。するとジグさんは真顔で私に問いかけてくる。

「知りたいか？」

ドキリとした。私の心の中のモヤモヤを見透かす問いかけ。だけど私は、意気地なしにもそれに問いかけで返してしまう。

「店長はそれを望みますか？」

もし、私が全てを知ったら、店長はどうするのだろう。

ナシカさんがヒントをくれた時、ジグさんは途中で妨害した。店長の意思がなければ、私は知っていけない何かがあるということだ。

「あー、そこまで深刻には考えんな。本当なら追々《おいおい》アレイが説明していくはずだったんだ。あの坊主がここに来なけりゃ、だけどな」

そうなのだ。ケンタには申し訳ないが、ケンタが来るまでは本当に普通の異世界コンビニライフだったのだ。ちょっと異世界だけど、それさえも違和感がないくらい順調だった。

だけど、ケンタが来て、ゆっくりとだけど何かが崩れてきているのを、ひしひしと肌で感じていた。

「まあ、お前がこの店から出られないってことをあの坊主が分かってないうちは、ただの客だと思っていて大丈夫だと思うぜ？」

では、ケンタが、私がこの店から外には出られないと知ってしまったらどうなるのか？

勇者だなんて言われるほどの力を持つ少年が、そんなことを知ってしまったら……

「……う～ん」

はぁ、とさらに大きなため息が出ることは止められない。

「早く就職決めないと……」

むしろその前に辞めてしまいたいのだが、私に辞められると困るのだろうな、というのがうっすらと分かっているので余計に困る。私だって鬼ではない。今までお世話になってきた自覚はあるので、ギリギリまでは踏ん張りたいのだ。

「ま、やばくなったら逃げろ」

気持ちいいくらいズバッとジグさんが助言してくれた。逃げろっていうのは、多分、間違いなくこの仕事を辞めろってことだろう。

「それが一番ですかね」

「それが一番だ。そのあと、こっちがどうなろうが気にするな。まあ、……アレイのことだけは覚えといてくれ」

うわ、そう来ますか。

直接言葉にしなくても、暗に仄《ほの》めかしてくれるジグさん。結構色んなことをやらかすが、根っこの部分では私を気にしてくれているのは知っている。だから私が、彼の言葉の裏の意味をすぐに察することができるようにしてくれるのだ。

覚えておくってことは、もう会えないってことだ。

日本のコンビニの店長もしているなら、店長とは会えるかもしれないが、「アレイのことだけは」と限定している限り、その可能性は低い。いや、むしろすでに確定事項なのだろう。

何で、そんな面倒くさいバイトに私を選んだんだ、店長。

日本のコンビニ勤務のままの方がずっと良かったのに……

「あー、いっそ店長は、この森の中に埋めてきてください。私の見えないところに奥深く」

投げやりプラス恨み節《ぶし》な私の言葉に、ククくっと小さくジグさんは笑ってくれたが、その目がどこか寂しそうなのは気づかないふりをした。

分かっていると思うから、先に言っておく。自分のためにも。

ラスボスは多分、勇者（※チートあり）。何それ、笑えない。

9　バイト休みは何しているの？

異世界コンビニ店員にだって休息は必要だ。今日はバイト休みの日。

私は自分の部屋でスマートフォンを片手にゴロゴロしていた。

あまりにもバイトばかり行っているから、実はこっちの人間じゃないかのような気もしてくるが、バイト以外は家に帰っているし、家族がいれば友達だっている。

「奏楽ぁ、暇だったらお姉ちゃんのためにアイス、買ってきて〜」

リビングから姉の声が聞こえた。

「お姉ちゃん、またぁ？」

いつもなら姉に対して文句の一つも言うが、出産のために帰ってきたとなれば、私だって甘くはなるというものだ。

「何のアイス？」

リビングに行き、ソファーで大きなお腹《なか》を上にしてゴロリとしている姉に問えば、姉は「さっぱりしたのー」と返してくる。

「カップでもいいの？」

「ううん、できれば手で持って食べられるものがいいな」

姉はお腹《なか》を撫でながらそう言った。そういや明後日が予定日だったはずだ。もうすぐ私も叔母さんかと思うと、ちょっと感慨深い。

「いってきまーす」

と声を掛けて、向かうは我が古巣のコンビニ。

ちゃらっちゃら、ちゃらちゃららん。

「あー、ソラさん、久しぶりぃ！」

中に入ると、まっさきに声を掛けてきたのはミカちゃんだった。茶髪ツインテールに巨乳、店長好《ごの》みの可愛い女の子。よくよく考えれば、店長の好みは彼女なのだから、彼女をあちらの世界に連れて行けばよかったろうに、と思わなくもない。まあ、ミカちゃんには木村君という彼氏がいるから、無理と言えば無理だったのだろうが。

「新しい店舗どうですかぁ？」

「うん、まあまあ……かな？」

私は少しだけ言葉を濁《にご》した。バイト先の皆には、就職活動で卒業した大学に立ち寄ることが多いので、大学近辺の店舗に鞍替《くらが》えさせてもらった――という話になっている。いやいや、無理やりな話ではないか、とはあまり思われなかったらしい。まあ、しょせんバイト仲間の関係なんて、そんなものだろう。

「小林店長もそっちの店舗の店長になったんですよね？」

「ん……？」

不思議な問いかけに首を傾げれば、ミカちゃんはニコニコしながら私に話し掛けてくる。お客がいないからまだいいが、私の異動のあとに入ったであろう新人くんがチラチラ見ているのに話をやめない。ミカちゃんは凄い。新人に注意される日も近そうだ。

「小林店長も異動になったこと、ユウキが、ここはフランチャイズ店だと思っていたからって驚いていました！」

ユウキというのは木村君のことだ。彼は地元の国立大生で、私と並んで夜間のバイトチーフに選ばれることが多い。夜番の時に店長とそういう話でもしたのだろうか。

普通、コンビニは本社である大本《おおもと》が直接出店する形と、家族経営をしている一般の小売店が店子《たなこ》のように本社と契約してそのコンビニブランドを名乗る形など、出店形式がいくつかある。

その店がどんな形で出店されているかなんて、普段買い物に行く人は気づかないだろうし、もちろんバイトしている私たちも興味はない。

店が元酒屋のリフォームだったせいもあって、私はてっきりフランチャイズ契約で出された個人店だと思っていたのだが、そうではなかったらしい。そうだよな、異世界コンビニの方にだってファンファレマート本社からの物品が届くのだ。個人経営にするにはあまりにも無理がある。いっそのこと会社もグルだと思ってしまった方がいいだろう。

そうなると、ファンファレマート自体が、異世界コンビニへの店員確保のための養豚場に思えて、ちょっと怖い。

「所詮、私もミカちゃんも家畜なのよ……」

「え？　何言ってるんですか、ソラさん。怖いですよ！　就職、まだ決まらないんですか？」

レジ背後のカレンダーを確認するミカちゃん。本日は十月一日。会社によってはこの日に内定式がある。まあ、どこにも就職できていない私には、関係ない日ですけどね。

「ミカ、コロス！」

殺気走った目をする私を見て、「あ、ドリンク補充してきまーす」と、明らかな嘘を告げてミカちゃんは逃げていった。そして、残された新人くんは私と目が合った瞬間、サッ、と逸らした。失礼な。善良な一般市民で、優良な顧客だというのに。

まあ気弱な新人くんのことは置いておいて、私は姉のアイスを買う前に、暑さしのぎにお茶を選びに行った。ガタガタ、ドリンクコーナーの向こう側で音がしている。ミカちゃんが一応真面目に品出ししているのだろう。

「ミカちゃん、小林店長って異動になったんだよね？」

仕事中は話し掛け厳禁なのだが、先ほど不思議に思ったことが気になり問いかける。小林は、本当に私の知っている〝小林アレイ〟という名の店長なのだろうか。するとミカちゃんは暢気《のんき》に口を開く。

「はい、今はぁ、新しい店長さんなんですよぉ。レジのあの人ですぅー」

え？　あの新人くん？

もう一度、レジの方を見れば、新人くんはまたもや私と目が合わないように顔を背《そむ》けた。コミュ障か、お前は。確かに、年齢はミカちゃんよりも年上に見えた。どちらかというと店長に近いくらいだろう。体格は何かスポーツをしていたのか、意外にがっしりしている。伏し目がちで、あまり変化に乏《とぼ》しい表情のせいか、ちょっと陰気に見える。まさか新店長だったとは。

新しい店長ならもっと店員指導しなくていいのかとも思ったが、もう私のバイト先でもないし、それは考えないようにする。

「あ」

ガタガタとミカちゃんが補充してきたドリンクに見覚えがあった。ケンタがいつも購入するピーチジュースだ。

「これ、男の子もよく飲む？」

思わずミカちゃんに尋ねてみると、ミカちゃんが「どれですかぁ？」と後ろから聞いてくる。

「このピーチジュース」

「ああ、それ、今キャンペーン中なんですよね。香水ブランドと」

「香水？」

また随分お門《かど》違いなところとコラボするものだ。

「香水なんて飲めなくない？」

「〝飲みたくなる香り〟をテーマに共同開発したらしいですよ。今年の夏から売り始めてますけど、ソラさん、知らなかったんですか？」

「う」

ドリンクは日本でも自分の担当ではなかったから、キャンペーン情報までは把握していなかった。

「まあ、買うのはやっぱり女の子が多いですかねえ。でも、香りも香水臭いって感じじゃないし、甘ったるい匂いもないから、結構男子にも人気ですよ」

「そうなんだ」

それなら私も飲んでみようかな、とそのピーチジュースを一本と、姉に頼まれたアイスを選んで、レジに持っていく。新人店長の胸元のプレートには〝店長〟と書かれていたが、いかんせん覇気がない。こんな調子でこの店が潰れないか心配だ。潰れたら、家から近いこのコンビニを頼りにしている我が家は、凄く困るのだが。

「ありがとうございましたぁ！」

ミカちゃんの元気な声に送り出されて、私は店を出た。

「そっか、店長、異動か……」

思わず、独り言が零《こぼ》れた。異動なんて言うけど、他の店舗に行ったとは思えない。行ったとすれば、恐らく異世界〝プルナスシア〟だろう。いよいよあちらの方が忙しくなってきたのだ。間違いなく、勇者ケンタのせいだろう。

（あー……、なんだかマズイ気がするなぁ）

きっと、ケンタと私の遭遇はイレギュラーだった。あの時おじさん神官が青ざめていたのは、私とケンタが出会ってしまったことに対してだったのだろう。

当然だ。片方はもう二度と戻れない。だけど、片方は、いつでも日本に帰ってこられるのだ。私がケンタの立場だったら、「この違いは何だ！」と叫びたくなるに違いない。

ただ、喚《よ》び出した人間が悪かった。それだけで、私とケンタの運命はこうも違ってしまったのだ。いくらあちらの世界の人間が自分に優しくたって、いくらあちらの世界が剣と魔法の世界で楽しくたって、その非現実な空想的世界に疲れる日はいつか来るのだ。

ましてやケンタは中学生で、家族仲もそれほど悪くないように思えた。根が素直そうなところも、親の教育の賜物《たまもの》だろう。中学三年生で親との軋轢《あつれき》があれば、どうしても異質な空気がつき纏《まと》うものだし。

私が中学三年生の時もそうだった。クラスメイトにやはり親とうまくいっていない子がいて、その子は常に不機嫌だった。誰かと喧嘩《けんか》をすることはなかったが、クラスメイトは腫《は》れ物に触るかのようにその子に接していた。当時の私にはその子が纏う空気がとても怖かったのだが、大人になった今なら、あれはあの子の〝叫び〟だったのだろうな、と分かる。

ケンタにはそれがない。

極めて健全に育ってきたと分かる良質な精神。今は、異世界という空想のような世界に胸を弾ませているだけに過ぎない。しかも、チートなんてレベルＭＡＸから始まるようなゲームと同じ状態だ。楽しくて仕方ないだろう。

だけど、それが現実だと気づいた時、彼はどうなるのだろう。

帰りたい。会いたい。元の世界にいたい。

そういった望郷の念が、いずれ彼の中に芽生えるに違いない。一歩間違えれば、それは私にも起こり得る現実。だからこそ――

（新しい店員、探しているのかな……）

私の考えるべきことではないが、頭が痛い。就職が決まる前に、私が打ち切られる可能性もある。時間があり余っているはずなのに、何故か足らない気がした。次の就職浪人向けの合同就職説明会はいつだったろうかと、こんがらがった頭で別のことを考えようとしていたら、家に着いてしまった。

「ただいまあ」

ガサゴソとビニール袋の音を立てながらリビングに向かうと、そこには今まで悩んでいたことが一気に吹き飛ぶ光景が広がっていた。

「お姉ちゃん？」

姉がソファーの前に座り込み、蹲《うずくま》ってお腹《なか》を押さえていたのだ。

顔を歪《ゆが》ませる姉は、とてもつらそうだ。

「ごめん……なんか、間隔狭《せば》まってきたかも……」

「え？　もしかして陣痛なの？」

「昨日の夜……おしるしきたから、もしかしてとは思ったんだけどぉ……」

「おしるしって何？」

「赤ちゃんが生まれる……合図？」

「何でお母さんに言わなかったのさ！」

ふう、と息を逃しながら呟く姉に思わず叫んでしまった。

「言ったよ～。で、朝、病院に電話したら、陣痛が始まってから来てくださいって……」

「陣痛、今来たの？」

「電話したあとから……なんとなく腰が痛い？　って感じで……でも、そんなに強くなかったし、さっきもお腹の違和感だけだったんだけど……」

だからやけにお腹を撫でていたのか！

あれが陣痛だったのかと気づいた私は、悠長すぎる姉に呆れてしまった。

「お母さんは？」

「買い物～。電話したらお母さんの携帯、そこにあった」

「うわあああああ！」

最悪だ。何、この詰《つめ》将棋。

父親は電車通勤だからすぐに帰ってこられないし、頼みの母親は車で買い物だ。すぐに車を出したいが、いくら私がペーパーだろうが免許があっても、車がなければ意味がない。

「初産《ういざん》は時間かかるって聞いたのになぁ……？」

陣痛の波が引いたらしい姉は、ヨロヨロと起き上がった。

「ちょっと準備してくるから、タクシー呼んでもらっていい？」

「大丈夫なの!?」

「多分、大丈夫……あ、イタタタタ……」

すぐにまたしゃがみ込む姉に、ドキドキしてしまう。確か、陣痛には間隔があるんだっけ。この前、姉はそれが十分間隔を切ったら病院に行くんだと言っていた。

「お姉ちゃん……、今、何分間隔なの……？」

さっき痛がってから、今の陣痛まで、時間は長かった？　そんなわけがない。姉は痛みを堪《こら》えた声で呟く。

「七から八分、くらい」

「ぎゃ～～！　何で、言わないの!?」

「さっきは……もっと長かったから、お母さん、帰ってくるまで、もつかな、と……」

「もつかな、じゃないよ！　もう、入院用の荷物どこ？」

「私の……、部屋」

声を出すのもつらそうな姉に、私は動揺でいっぱいいっぱいになる。ここで生まれたらどうしようと怖くなったし、泣きたくもなった。

急いで姉の部屋に行き、大きな鞄《かばん》を持ってリビングに向かう。

「タクシーって何番だったっけ？」

そう聞きながら自分のスマートフォンに触れた瞬間、ピピッと、嫌な音がした。

〝電池残量一パーセント〟

そういえば、姉におつかいを頼まれる前に、スマートフォンで乙女ゲームをやっていたのだ。スマートフォンの電池を食うソレに、先ほどまで熱心にプレイしていたのだが、終了ボタンを押すのを忘れていたらしい。

慌てて充電器を探しに自分の部屋に向かおうとしたが、時はすでに遅し。その前にスマートフォンが終了画面になって、ブラックアウト。何、その、お約束展開。お金がない就職浪人である私の、二年越えの旧型スマートフォンは、五分は充電しないと再起動しない。

「お姉ちゃんのスマホ貸して！」

叫びつつ、ソファーに転がっている姉のスマートフォンを手にする。

「お姉ちゃん、ロックは？」

「えっと……」

少し陣痛が和らいだ様子の姉にスマートフォンを返すと、姉はそれをいじり、「あ～……」と声を上げた。

「ごめん、さっきゲームしていたから……」

私に向けられた姉のスマートフォンの画面はブラックアウト中。押しても何の反応もなし。イコール電池切れ。

ブルータス、お前もか！　って、劇なんて観たこともないのについ心の中で突っ込んだ。

文明の利器に頼りすぎていた自分が憎い。困ったことに我が家はゴミになると言って電話帳を受け取っていなかった。今度から、絶対電話の横に置いてもらおう。

「お姉ちゃん、充電器は？」

「家だよ。ここでは奏楽の借りてたじゃない」

こんな時なのに、「あはは」と笑う姉が恨めしい。

「タクシー……タクシーの番号……！」

スマートフォンの充電器を探しながらも、タクシーを呼べる手段を探す。

だけど見つからない。

姉、陣痛で唸《うな》る。

私、テンパる。

「あー、もう！　ちょっとコンビニ行ってくる！」

「え？　アイスそんなにいらないよ？」

「いやいや、こんな時に食うのかよ！」

コンビニに行けば電話もある。それに、実はあそこのコンビニ、最寄りタクシー会社の電話番号などが書かれた紙がレジ背後に張られているのだ。どうやら公衆電話があった頃の名残《なごり》らしいが、たまにタクシーの番号を聞かれる時があるので重宝している。

自分が混乱しているのは分かっていたし、五分待てばスマートフォンが充電できることも理解していたが、動く方が性に合う。それなら向こうでタクシーの番号を調べてついでに電話をかけてきた方が早い。

直近コンビニ、本当に重宝だ！

「タクシー頼んでくる！」

「うん、頼んだよぉ～……」

こんな時でさえ間の抜けた姉の声をあとにして、私は猛ダッシュでコンビニに戻った。歩いて五分なら、走れば一分だ。元野球少年団の足を舐めるな！　いや、もう十年前の実績なんて当てにならないのは分かっているんですけどね。

それでもいつも以上に頑張った。コンビニに行けばなんとかなると思ってしまうあたり、私はコンビニ依存症なのかもしれない。だけど、あの場所に行けば、大抵の欲しいものはあって――

『ソラちゃん』

顔を見れば安心する人がいてしまう。今、頭の中に思い浮かんだ相手とは、最近会えていないけれど！

コンビニの駐車場までたどり着き、店内に入ろうとした時、一台の車がコンビニの駐車場に入ってきた。黒の軽自動車だ。その軽自動車には見覚えがあった。

まだ日本のコンビニ勤務の時、一度だけその車に――店長の車に乗せてもらったことがある。

あれは去年の夏だ。もうこんなにひどい台風はないって日で、家までのわずかな距離でも遭難しそうな豪雨だった。

店長が、『家まで送るから』と言って、一番遠くに停めていた車をわざわざ店の前まで動かして私を乗せてくれたのだ。たった三分のドライブ。走れば濡れても一分で辿り着く距離なのに、自分だけびしょ濡れになって車を持ってきた店長に対して、本当に申し訳ないと感じた。

『店長、車通勤なんですか？』

『そうだよ。そんなに遠くないけど、歩くと三十分はかかるから』

『少しの距離だから、良かったのに……』

『だって今日のソラちゃん、風邪ひいているでしょう？　いつもより口数が少なかった。就職活動中なのに熱出したら、面接しんどいしね』

当たり前のように言われた店長の言葉。その時の私は鈍すぎて気がつかなかったが、店長は私の体調不良を言い当てるだけじゃなく、別の〝何か〟射貫いたのだ。

『貴女が御社を希望した理由は何ですか？』

照れ臭かった店長が、からかい交じりに運転しながらそう言った。私は『茶化さないでください』と言いつつ、それでも生真面目に答える。

『地元の企業だからです。私は自分の生まれたこの街が好きです。自分の一部だから、私を育ててくれたこの街で、この街をさらに発展できるような仕事に就きたいと思い、御社を選びました』

今思えば青臭い持論だ。それでもその時の私には、どうしても譲れない最重要項目で、今も地元を中心に就職活動していることに変わりはない。

車が私の家の前に着くと、店長は私の方を見てニッコリ笑ってくれた。

『きっと、そんなソラちゃんがいいって言ってくれる会社が必ずあるよ』

生憎《あいにく》一年経った今でもそんな会社には巡り合えていないが、その時の会話と店長の様子は、やけに私の心に焼き付いた。

雨がしたたり落ちる髪の毛や、びしょ濡れで透けたシャツ。

就職活動中の私を気遣ってくれた言葉。

この人は、優しい。

そんなこと、分かっていた。分かっていたから――……

今、その黒い軽自動車から降りてきた店長の顔を見た瞬間、不覚にも涙ぐんでしまった。

「てんちょぉ……」

「ソラちゃん、どうしたの？」

店長は泣きそうな顔の私を見るなり、慌てて駆け寄ってきてくれる。私は涙を零《こぼ》さないよう堪《こら》えて声を絞り出す。

「姉が……、姉が、陣痛来て……」

店長にも世間話の折に話していたので、臨月の姉が我が家に里帰りしていることは知っていた。だから、私のその呟きだけで、すぐに察したのだろう。

「お姉さん、産まれそうなの？」

とても穏やかな声に、さっきまでの混乱していた気持ちが落ち着いてくる。

「陣痛間隔……十分《じゅっぷん》切ってて」

「うん、分かった。病院どこ？」

「ゆずは愛母子《あいぼし》病院です」

「ここから、二十分くらいのとこだよね？　了解」

そう言うと、店長はコンビニのドアを開けて、レジにいた新店長に声を掛ける。

「レン。ソラちゃんのお姉さん、産気《さんけ》づいたっていうから送ってくる。話はあとでな」

「了解」

顔見知りだったのだろう。あの愛想《あいそ》の悪い新店長は気安くそう返事をしたが、無表情は相変わらずだった。もしかしなくてもアレが素なのだろうか。

「ソラさーん、がんばってくださいねぇ！」

ミカちゃんが両拳《りょうこぶし》を握ってそう激励してくれたので、私はブンッと頷いて、店長に促《うなが》されるまま車に乗り込んだ。店長は一度しか来ていない私の家を覚えていたので、滞《とどこお》りなく着いた。私は家に入ると、つらそうにしている姉を店長の車に連れていく。

「すいません……、ありがとうございます」

店長を簡単に紹介したあと、申し訳なさそうにする姉を車の後部座席に乗せた。私も隣に座る。

「お姉ちゃん、ここでは産まないでよ！」

「うん、だいじょう……ぐあっ！　来た――！」

「ひぃっ……ナニ？　何が来てるの！」

「赤子に決まっておろう……うがあああ！」

店長の車の中で、始終、私と姉は変な声を上げていた。処女に陣痛の痛みを分かれって方が無理だろう。信号待ちのタイミングで店長にスマートフォンを借りて病院に連絡したり、自宅に電話して帰ってきていた母に連絡をつけたりできたのは、全て店長のお蔭《かげ》だ。

電話の時、母親に「お母さんの電話使えばよかったのに、馬鹿ね～」と笑われてしまったが、言われるまで母親の携帯なんて忘れていた。それだけ私も動揺していたのだが、恥ずかしかったので、店長と姉には言わなかった。

病院に着くと、産婦人科専門病院なだけあって緊急時の対応は慣れたものだった。

「付き添いの人はどうしますか？　立ち合いですか？」

看護師さんが店長に聞いてきた。きっと姉の旦那だと思われたに違いない。

「あ、いや、俺は……」

今まで冷静だった店長が初めて動揺した。私は店長の袖を掴みながら、「この人は姉の夫ではないです」と説明した。

すると看護師さんは極めて冷静に、次の質問をしてくる。

「そうですか。陣痛室は、ご家族の方一人までなら入室可能ですが」

何、陣痛室って？

部屋がいくつもあるのか。もう、わけが分からなくて固まっていると、陣痛の波が引いたのか、姉が脂汗《あぶらあせ》をかきながらもはっきりと言う。

「私一人で行くから、店長さん帰してあげて。どうせ分娩《ぶんべん》まで長いから、ウチの旦那も間に合うでしょ」

つらそうではあるが、病院に着いたことで姉も安心したのだろう。その顔を見て、私も肩に入っていた力がふっと抜けた。

「分かった、お母さんが来るまでとりあえずここにいるから」

「うん、お姉ちゃん頑張ってくるよ！」

「お姉ちゃん、元気な子を産んでね！」

姉妹二人で、うんうんと頷き合ってから、姉はナースセンターの奥へと入って行った。どうやらその奥に、出産を行う部屋があるらしい。新しい病院のせいかどこもかしこも綺麗なので、変な圧迫感もなかった。

「とりあえず、お母さん来るまで待とうか」

店長は、私をナースセンター前の待合スペースのソファーへ促《うなが》した。

壁に貼られた案内図を見ると、この病院は一階が診察室、三階から四階が出産したお母さんの入院する部屋になっているそうだ。私たちがいる二階は、ナースセンター、新生児室、手術室や分娩《ぶんべん》室がある。ナースセンターに併設されているガラス張りの新生児室はカーテンで隠されて見えないが、赤ちゃんの声が絶えず聞こえてくる。待合スペースには誰もいなかった。

そのソファーにストンと座ると、向かいにもソファーがあるのに、何故か店長は私の隣に座ってきた。

「?」

怪訝《けげん》な顔で店長を見上げれば、店長はちょっと困ったような顔で苦笑する。その目線の先を追うと、しっかりと店長のシャツの袖を掴んでいる私の手。

「うわ、ごめんなさいっ!」

いくらコンビニ内で掛け合いをやっていようが、肉体的接触はほとんどない。だから、こうして店長のシャツを掴むなんてことは、ジグさんの雷で驚いた時が初めてだったし、まして車の運転席と助手席より近い位置に並んで座るなんてことも、初めてだった。

不覚にも、カァアアと顔が一気に赤くなっていく。

店長はそんな私を見ながら、ふんわり笑う。

「間に合ってよかったね」

確かにそうだ。もし、テレビや小説でよく見かける破水とやらになっていたら、どうなっていただろうか。そう思うと、怖すぎて肝《きも》を冷やした。

「うん、よく頑張った」

ポンポン、と頭を軽く叩かれて……というよりは、撫でられて、私はグッと唇を噛みしめた。

勘弁してよ。そんなに優しくしないでよ。

この人がいなかったら、私はきっとタクシーを呼んでいた。でも、姉を一人で病院に連れていく心細さをもの凄く感じていたに違いない。自分だって用事があっただろうに、迷わず送ってくれた店長の優しさに言葉が詰まる。いつもなら、もっと何か言い返せるのに、それが出てこない。

どうした、私の声。人魚姫じゃないんだから、憎まれ口の一つでも叩けばいい。

そう思っているのに、私の口はぎゅっと閉じたままだ。代わりに、私は店長のシャツの裾を掴んだ。まるでそうすることで不安がほどけるみたいに。

そうしたら、それに気づいた店長が私の頭を撫でていた手で、今度は私の手に触れた。大きな手が包むように私の手を握りしめた。初めて繋《つな》いだ店長の手はとても温かくて、私はそれだけで目頭《めがしら》も、胸も熱くなる。

「うん、頑張った。もう大丈夫」

気の利いた言葉なんて一つもないのに、店長の声が、手の体温が、私の全てを温めていく。

とくん、と小さく胸が鳴る。多分、それは〝何か〟の合図。

やだ、やめて。こんなのずるい。

こんなの望んでいない。望みたくもない。

頭の中で誰かが警告しているのに、それに反して私の手はギュッと強く店長の手を握りしめる。

応えてくれる手は、痛みを感じさせないほど優しく、でも温《ぬく》もりが分かる強さで握り返す。私は別の意味で泣きそうになった。

これは気分が高揚したからだ。これは誰かを頼りたかったからだ。

これはたまたま。こんな偶然ってない。

さっきまでは声が出ないことがつらかった。でも、今度は声が出なくて良かった、と思っている私がいた。きっと、声が出たら言ってしまう。

「ありがとう」って。

本当に、本当に「ありがとう」って。そして、勢いで告げてしまうのだ。

「大好きだ」って。

私もケンタの人としての単純さを笑えない。私だって単純なのだ。こんなことで、簡単に想いは形になってしまう。声を上げて言葉にしたくなる。だけど、ケンタより私の方が大人で、私は自分の置かれた環境も分かっているから、何も言わない。言えなくて済んだことに感謝した。

結局、店長は母が来るまで手を握っていてくれた。それは二十分にも満たない時間だったけど、母は私たちを見るなりニヤニヤして、店長が帰ってからはしつこく誰なのか聞いてきた。

姉が陣痛で苦しんでいるっていうのに、母にはこれからの孫より、次女に初めて現れた男の影に興味津々らしい。姉のことといい、母のことといい、私たちはどこか間抜けな家族だと痛感せざるを得ない。

十月一日。私に姪《めい》っ子ができた。病院に入ってからは四時間。それでも初産《ういざん》では早いと言われ、私がヒィッて思ったのはまた別の話。

三〇〇一グラムという、この一グラムって何なのさって突っ込みたくなるような、お猿さんにしか見えない赤ちゃんを抱いたお姉ちゃんは、凄い嬉しそうだった。それは、いつか私もお姉ちゃんみたいに、好きな人の子供を産んでみたいな、と思わせるほど。

それが誰の子供かなんて、まだきちんとお付き合いさえしたこともない私には想像もできない。

それでも、あの人の手はとても温かったことが、忘れられなくなりそうで怖かった。

自分でも思う。私ってチョロイ。

10　異世界チートの代償って何？

姉が出産。店長、車出してくれた。私、惚れたの自覚。

何、その片言の日本語って勢いで、自分に突っ込みたい。もう、どうしてこうなった。

それでも今日も元気にバイトの日々で、お客さんは相変わらずなんだから止めてほしい。

「ソラ、どうした？」

「どうしたって、何がどうしたんですか？」

ジグさんはおにぎりを入れたカゴをレジに出しながら、そう聞いてきた。

「今日は上《うわ》の空《そら》だな」

「そ、そうですか？」

そんなことはない……とは言い切れないのがつらい。あの、姉の出産から早二日。店長には事務室の連絡メモでしか会っていない。一人コンビニバイトの毎日だ。

店長に会いたいような、会いたくないような……この何とも言えない感情を持て余しているのを、どうやらジグさんは察したらしい。

「アレイなら、ここ数日は神殿に詰めてるぞ」

丁寧な報告、ありがとうございます。

「別にそんなの興味ないですから」

ツンと顎《あご》を逸らしながら、おにぎりのバーコードを読み取っていく。今日は新発売のかえで饅頭《まんじゅう》風おにぎりだ。ジグさん、新発売に目ざといのはさすがだが、かえで饅頭風って何だ。

「なんだ、アレイに惚れたのか？」

「はあっ？」

ギョッとして私はジグさんをカウンター越しに見上げた。

今の会話で、私があからさまにそんなことを言っただろうか。いや、全くなかったはずだ。間抜けにも口をポカンと開けていると、ジグさんはニヤリとしながら言う。

「いや、惚れているのは前からだったな。自覚したのか？」

「あんたなんか、また腹こわせばいい」

人の顔色だけで色々察するなんて、なんて厄介な人間なんだ。ギロリと睨みをきかせても、バイト店員の睨みなんぞ怖くもなんともないのだろう。ジグさんは眼帯のない方の左眉を軽く上げて、またニヤリと笑った。

その余裕ありまくりの笑みが、かなりムカつく。

「アレイじゃ疲れるばかりだろう。俺にしとけば、悩むこともなく掻《か》っ攫《さら》ってやるぞ？」

全然本心じゃないくせに、そんなことを言ってくるとはどんな料簡《りょうけん》だ。

「別に悩んでないし。六五〇ラガーです」

バーコードを全部読み取り終えてそう言えば、ジグさんは七〇〇ラガーをトレイに置く。

「逃げられなくなったなら、戦ってやろうか？　力は及ばずとも、ガキ一人なら頭脳戦でなんとかできなくもないぞ？」

きっとこれは私のためを思っての言葉じゃなくて、店長を思っての言葉なんだろうな。

「そんなの無理だよ。相手は勇者だし」

何かがおかしくなったのは、間違いなく勇者のせい。彼がここに現れてしまったから、何かがおかしくなった。

でも、その何かが私には分からない。

それがあろうとなかろうと、私の就職が決まればいずれはここを辞めていたと思う。最近、就職案内を見る回数が減って、このままフリーターでもいいかなぁ、なんて少し馬鹿な考えが頭をかすめていたのは、気の迷いに過ぎない。

恋とは、本当に愚かすぎる。

そして、そんなことを私は十二分に理解しているから、選択を間違えたりしない。

「私、バイトで一生食ってくつもりないし」

お釣りを手に触れないように手渡しすると、ジグさんが苦笑いをしながら言う。

「養ってやるぞ」

私は以前、店長に言ったセリフをジグさんにも突きつける。まるで自分に言い聞かせるみたいに。

「こっちの世界に住むつもりはない。私はあっちに大切なものがあるから」

どんなに好きでも、譲れない。

生まれたばかりの淡い恋に溺《おぼ》れるほど、私はそんなに馬鹿じゃない。

お父さんも、お母さんも、お姉ちゃんも、生まれてきた姪《めい》っ子も、それにお姉ちゃんの旦那さんだって、大好きだ。友達だってたくさんいる。ミカちゃんだって、木村くんだって、今だけの付き合いかもしれないけれど、それでも会えば楽しい。

生きてさえくれていればいい、なんて私には思えない。

一緒に生きて、笑って、話して――そんな場所を、私は二十三年かけて作ってきたのだ。

ポッと浮かんできた恋だけで、捨ててしまえるほど簡単なものじゃない。

「それに、そんな考えはケンタにも失礼でしょ」

本人の意思にかかわらず無理やり捨て去られた存在を、軽視してはいけないのだ。彼が失った全てを、私は全部持ったまま〝ここ〟にいるのだから。

「あの勇者がなぁ……」

ジグさんは頭をガシガシとかきながら、おにぎりを入れた袋を私から受け取った。そして珍しく重いため息を吐《つ》く。

「俺たちの我儘《わがまま》に、結局、お前も、あの勇者も振り回されちまうな」

その〝俺たち〟というのは、誰のことだろう。誰の我儘が私たちを振り回していると言うのか。

「本当、何でこんな世界に連れてこられちゃったんだか……」

それでも私はまだマシなのだ。帰れる場所があるから。

「おい――」

ちゃらっちゃら、ちゃらちゃらららん。

何か言いかけたジグさんの言葉を遮《さえぎ》るように、入店音がした。

「いらっしゃいませー」

条件反射的に声を上げれば、そこには今話題に出てきたばかりの勇者ケンタがいた。ラフレ姫も一緒だ。王子たちはまたしてもいない。タイミングがいいんだか、悪いんだか。

何とも言えない笑みを浮かべてケンタたちを見ていると、ジグさんがすっとコンビニから出て行った。

「ソラさん、久しぶりー」

あっけらかんとしたケンタの声に、まだ彼は大丈夫なのだ、と少しだけ安心する。

「討伐、調子いいの？」

友達のようにそう問えば、嬉しそうにケンタは返してくる。

「うん、なかなかいいよ。神殿の人たちも最近、顔見知り増えてきたし」

その言葉にホッとする自分は、何て偽善的なんだろうと思った。

ケンタはおにぎりの棚をウロウロしながら、私に聞いてくる。

「あのさ、今、話していたよね？　あの眼帯のオジサン、あの人も神官なの？」

「え？」

何でそんなことを聞くのだろう。どう見ても神官には見えないと思うが。

「あの人は、神殿の護衛騎士ですよ」

代わりに答えたのはラフレ姫。その言葉に、ああ、やっぱりなと思った。ジグさんは、傭兵《ようへい》にしては動作に品があった。眼帯なんてしているが、荒々しい動きというよりも、どこか軍隊じみたキビキビとした動きは、騎士という名称の方がピタリとくる。

そして〝神殿〟。つまり、ジグさんも神殿の関係者だったということだ。それはとても大きな意味を持つ。

「ふぅん。だからか」

納得したようなケンタの言葉に、私は違和感を覚えた。何が〝だから〟なのだろう。しかし、それを尋ねるよりも前に、ケンタが話し掛けてくる。

「そういえば、ソラさんって中央神殿では見かけないけど、ナナナストの街に住んでいるの？」

私をこちらの人間だと思っている彼は、躊躇《ためら》いもなくそんなことを聞いてくる。それに対して、私は嘘ではないが、本当のことは返さない。

「ううん、違うよ」

「そうなの？　でもこの辺からだとナナナストが一番近いよねぇ？　あ、でも、世界樹の根から移動できるから、あんまり距離は関係ないか」

私は曖昧《あいまい》に微笑んでごまかした。ケンタはそんな私のごまかしには気づいていないようだ。

「でも、なんでこんなところにコンビニがあるんだろうね？　お客さんだってあんまり来なくない？」

ケンタの素朴な疑問は、私こそ思っていたことだ。

だけど、それをケンタにあえて言うわけにはいかない。多分言ってはいけない。直感的にそう思った。すると、すかさずラフレ姫が話に入る。

「ここは駅からもそう遠くないですし、意外に利用者は多いんですすよ」

もちろん、利用者なんて全然多くない。むしろ、限られた人しか来ない。一ヶ月、このお店の店員をしているが、ほとんど顔見知りしか来ないのだ。

「世界樹っていえば、春には凄い大きなお祭りがあるらしいって。俺、すげー楽しみでさ!!」

他愛もなく未来のことを語る少年に、感じたのはわずかな違和感。あまりにも無邪気だと言えばいいのだろうか。笑顔が、最初に出会った時と違い、張り付いた仮面のように見えたのは気のせいであってほしい。

「そういえば、ケンタ、今日は電池買わなくていいの？」

ケンタが来るたびに買っていたものを思い出し、そちらに話題を逸らそうと問いかける。

「電池？　何で？」

「何でって、ゲーム機の充電がなくなるって――」

「ゲーム機？」

ケンタが使っている携帯ゲーム機の機種名を挙げてみせたが、ケンタは不思議そうな顔で逆に問い返してくる。あまりにもキョトンとした顔で、そのゲーム機という言葉さえ分からない様子を見て、ゾッとした。

（何が起こってるの……？）

ケンタの様子におかしいところはない。いつも以上に溌剌《はつらつ》とした様子に、安心さえする。だけど、どこかおかしい。

何かが欠けている。

「……ほら、いつもゲームで遊んでたんでしょ？」

そう言うと、ケンタは苦笑いを浮かべて、「ああ」と力なく笑った。投げやりな笑顔。先ほどの無邪気な顔と打って変わったその顔は、私の知っている彼のものではなかった。

「ソラさん、ごめん。それはもう忘れちゃったんだ」

聞き返さなかった私は偉いと思う。だって、ケンタは私も〝同じ〟だと思っているのだから。

「まいっちゃうよね。帰れない上に、日本の思い出、全部世界樹に吸い取られちゃうとか」

私は精一杯、表情を変えないように努めた。私の表情は、今、同じ境遇の同郷者を憐《あわ》れむ顔になっていなくてはならない。

だけど、心の中ではそれどころではなかった。

世界樹に吸収されるってなんだ。認証の儀とやらを受けたら、世界樹に取り込まれないと言ったではないか。体は取り込まれなくても、〝記憶〟は取り込まれるのか。

「ソラさんはもう世界樹の力はないんでしょ？　あったら、俺みたいに勇者として駆り出されているはずだし。チートの代償が日本にいた頃の記憶とか、ひでぇ話。しかも、記憶がなくなるまでのたった一年間の勇者。馬鹿馬鹿しいよな」

ハハハ、と自虐的に笑うケンタ。彼から紡《つむ》がれる言葉の一つ一つは、私にとって初めて聞く内容で、そしてあり得ないほど、酷い話だった。

「生活習慣は残るって言われても、ゲーム機みたいに日本にしかなかったものを忘れちゃうと、ちょっとゾッとする」

「……」

私は黙ってケンタの言葉を聞く。ケンタは泣きそうな、でも泣けないような歪《ゆが》んだ笑顔で話を続ける。

「しかも自分ではいつ忘れちゃったのかも分からないんだ。大したチート能力だよ」

なんだそれ。何だ、それ。この世界は、どうして異世界から来た人間の記憶を奪うのか。あの世界樹はそんなかけがえのないものを代償にしないと、力を与えてくれないのか。

「俺たち、日本の思い出も語り合えないね」

苦笑いを浮かべる少年は、いつ、そのことを知ったのだろう。そしてそれでもなお、こうして頑張ろうと思えたのはどうしてなのだろう。

「ケンタ、今日はおにぎりを買いに来たのでは？」

私の顔色をうかがいながら、ラフレ姫がケンタに話を振る。思わずラフレ姫の顔を見ると、彼女は何とも言えない表情でこちらを見ていた。

ケンタの身に起きたこと、そしてそれはコンビニの外へ一歩出たら、私にも起こりうる出来事だということを、ラフレ姫は知っているのだろう。

「あ、そうそう。凄い美味しいんだよ、これ！　誰が作ったか忘れちゃったけど、美味しかったんだよなあ」

ケンタは、それでも空元気にはしゃいで言った。懐《なつ》かしむ言葉の節々《ふしぶし》に紛れ込んだ悲劇に私は言葉もない。

おにぎりを誰が作ったかなんて、それはコンビニのおにぎりに対して言わないだろう。コンビニのおにぎりは買うものだ。

誰かが作ったのだとしたら、それは――……

ケンタはおにぎりをいくつかとピーチジュースを買って、ラフレ姫と帰って行った。ラフレ姫は何か言いたげに、でも何も言わずに出ていった。

私は何とも言い難《がた》い気持ちでそれを見送ることしかできない。この世界は、つくづく私の住んでいる世界と違うのだと、改めて思い知らされた。

ちゃらっちゃら、ちゃらちゃららん。

感傷にふけっていると、再び入店音がして、先ほど帰ったはずのケンタがまた戻ってきた。私は瞬時に強張《こわば》った顔を笑顔に変えて、「どうしたの？」と尋ねる。

「ん、トイレって言って戻ってきたんだ」

「？」

ああ、トイレだからラフレ姫も気を使って外で待っているのだろう。

「あのさ、ラフレ姫のいる前だと言えなかったんだけどさ……」

早口でケンタはまくし立てる。

「俺、ソラさんがいてくれて良かったよ」

照れくさそうに、だけど縋《すが》るように言われた言葉は、確実に私の心を抉《えぐ》った。

「そう？」

今の私にはそれだけ返すのが精一杯だ。

「俺だけがこんな目に遭っていると思ったら、きっと耐えられなかった」

ごめんなさい。

ごめんなさい。

もう、勘弁してください。

ケンタを目の前にして、私は敵前逃亡したくなる。

私が悪いわけじゃない。私は何もしていない。ケンタに酷いことをしたのは、プルナスシアの人間の方だ。

それなのに、罪悪感が私を苛《さいな》む。

「力を使うたびに記憶が薄れていくんだ。忘れたくないのに、学校で何していたとか、お母さんと何話したとか、そういうどうでも良かったはずのものが消えてくって、こんなにつらいんだね」

立て続けに零《こぼ》される内容に、私は何も答えられない。答えられるわけがない。

だって、私は帰ればお母さんの作った夕飯がある。父は生まれたばかりの姪《めい》の写真をデレデレした顔で眺めて、「姪なだけあって奏楽にも似ているな」と話し掛けてくる。当たり前のように、今も家族との日々がそこにあるのだ。

ケンタが失ったものを、私は、何一つ失っていない。

ちゃらっちゃら、ちゃらちゃららん。

「ケンタ、どうしました？」

ラフレ姫が私とケンタの様子が少しおかしいことに気がついたのだろう。店の中に入ってくる。

「ん？　トイレ借りようかと思ったら、壊れていたみたい」

先ほどまでの不安げな表情を消して、ケンタはラフレ姫に元気よく言った。その変わり身の早さが、いっそ切ない。どんなにラフレ姫を慕っているように見せても、ケンタの中では、神殿の中の人間は信用しきれないのだ。

よくよく考えればそうだろう。だって、ケンタは勝手に連れてこられた。勝手に勇者にされた。勝手に記憶さえも奪われ始めている。何一つ、彼が望んだものではない。

「うー、トイレに行きたいから、早く戻ろうか！　ね、ラフレ姫！」

「は、はい。あの、ソラさん……？」

ケンタに背中を押されながらも心配そうにこちらを見てくるラフレ姫に、私もすぐに笑顔の仮面を被る。

ケンタの弱みを、私がラフレ姫に気づかせてはいけない気がした。私だって、ケンタのことを騙《だま》しているのに、わずかばかり寄せられた彼の信頼までも裏切ることはできなかった。

「ごめんねぇ、トイレ、また壊れちゃって」

「今度は直しておいてよ！」

陽気なケンタの声で、無理やり押し出されるように二人は店から出ていく。

「ありがとうございましたー」

ちゃらっちゃら、ちゃらちゃららん。

という音と、ケンタたちが帰るのをしっかり見届けてから、私はカウンターの中で蹲《うずくま》る。

「ひっ……く……」

嗚咽《おえつ》が漏れる。

涙だけは必死で我慢した。口を押さえて、こみあげてくるものを決して出さないように堪《こら》える。

ケンタが出さないのに、私が出していいものじゃない、それは。

『俺たちの我儘《わがまま》に、結局、お前も、あの勇者も振り回されちまうな』

ジグさんがさっき言った言葉が、頭の中で繰り返された。

本当だよ。

どうして、こんな風に振り回すの。

「ソラちゃん……？」

事務室の方から声が聞こえた。

何、そのタイミングのよさ。私のこと、さらに惚れさせてどうにかさせたいわけ？

いい加減、この計ったようなタイミングが続きすぎると笑えてくる。姉が「引き合う時は、凄い引き合うんだよね。それこそ、チープな三流ドラマみたいに」って実体験を語っていたことを、つい思い出した。それが決定打で結婚した姉の言葉だから、重い。

これもそうなんだろうか。こんな偶然も、引き合っているから起こるんだろうか。

見上げた先には、久しぶりのエプロン姿で立っている店長がいた。

「ソラちゃん？　どうしたの？」

店長が蹲っている私を見て、心配そうにこっちにやって来る。事務室から来たということは、先ほどまで日本にいたのだろう。

私は慌てて立ち上がり、遠慮なくその向こう脛《ずね》を蹴ってやった。暴力反対だが、どうしても我慢できなかった。

「痛いっ！」

「こっちの世界に来たら、記憶がなくなるってどういうことですか！」

怒りで満ちているはずの声は涙声。心は悲しみで満ちていた。

店長の目が大きく見開く。私は「ケンタが……」とだけ呟いたが、それで店長は事態を把握したようだ。

「ごめんね、ソラちゃんを怖がらせたくなくて、言わなかったんだ」

「そういうリスクは先に言え！」

思わず怒鳴ったが、店長は「ごめん」としか言ってくれない。

ケンタは望まないでこの世界に来た。二度と日本に帰れない。その上、世界樹という樹のせいで、日本にいた頃の記憶までも吸い取られるって、なんだその悲劇。

今時《いまどき》、異世界に召喚された人間へそんな代償を求める世界なんて、小説や漫画でもほとんどないぞ。異世界に来ました。特別な力がオマケでついてきました。それでいいじゃないか。帰れない上に悲劇を上乗せするな。

「何で記憶がなくなるの？」

「世界樹がそれを求めているから」

「世界樹って何？」

「この世界の全ての中心にある、この世界を動かすものだよ」

「どうしてそれが記憶なんて盗るのさ！」

「ソラちゃん」

核心に触れようとした私を、店長は何も言わずにそっと抱き寄せる。私の腰に手を回して、その胸に抱き込むけれど、それは強く抱きしめる類《たぐい》のものではなくて、ほんの少し体が触れ合う程度の距離を残している。

店長がそんな風に私に触れてきたのは、当然ながら初めてだった。店長は、いつの間にか私の頬を伝っていた涙を優しく拭《ぬぐ》いながら言う。

「ソラちゃん、そんなに悲しまないで。さもないと、世界樹に食べられちゃうよ」

「怖いこと言うな」

「ゴメン。でも、こっちの世界では、そうやって泣いている子供をよく宥《なだ》めるんだよ」

こんな状況で、言うに事欠いて子供扱いか。

「どうして……」

「ん？」

「どうして私だったんですか？」

いつもよりかなり近い位置にある店長の顔を見上げる。店長は何とも言えない切ない顔で私を見下ろしてきた。

どうして私だった。どうしてこんなところにコンビニがあるんだ。どうして、どうして。

聞きたいことはたくさんあった。だけど、それらは全て掻き消える。

「日本から離れられない人を選んだから、ソラちゃんだったんだよ」

店長のその言葉は、きっととても重要な意味を含んでいる。

異世界コンビニの店員になくてはならない、大切な意味。

「日本から離れられない人……？」

「大学四年生の時、言っていたでしょ？　地元から離れたくないって」

確かに言った。今でもその気持ちに変わりはないから、地元の企業を就職先に考えている。私は甘ったれで、結婚するまで親元から離れたくなかったし、できる限り地元にいたかった。郷土愛なんてそんな大層なものじゃなくて、ただ、自分が生きてきた場所があまりにも居心地が良かったから、できることならそこに居たかったのだ。

「たとえどんなことがあっても、こっちを選ぶ人じゃなくて、日本を選ぶ人を選びたかったんだ。俺の母親のような人を作りたくなかったから」

「店長……」

母親が日本人だった、と店長が言っていたことを思い出す。あの時はそれほど気にしていなかったが、お母さんがこちらの世界に来たということは、きっとケンタのように記憶をなくしていったのだろう。そもそも、どうして店長のお母さんはこっちの世界に来たのかな。ケンタみたいに無理やり連れてこられてしまったのか。それとも私みたいに選べる状態で、自ら異世界を選んだのか。

「俺の母親は、あの勇者の子ほど悲劇的じゃないよ。でもね、時折、何かをなくして途方《とほう》に暮れている顔をするから、それが何なのか知りたくなって日本に行ったんだ」

店長は私を見ながら、苦笑いを浮かべてそう言った。それから、大きく息を吸い込むと、一気に言う。

「ソラちゃんを見て、うちの母親がなくしたものが何なのか、分かった」

「私を見て、ですか？」

「うん。きっと、普通に生きてきた人がみんな、無意識に持っているんだろうね。『自分が生きてきた場所も、自分の一部だから』って、ソラちゃん言ってたでしょ」

「……そんなこと、私言いました？」

惚《とぼ》けてはみたけれど、本当はなんとなく覚えている。あの時だ。去年の台風の時、店長に送ってもらった車の中で私が言った言葉。

「言ったよ。それが地元の企業を選ぶ理由だって」

私が何気なく言った言葉は、店長にとってはずっと探していた言葉だったのだろうか。

私が店長の優しさを再認識したあの時、店長も私に〝何か〟を射貫かれていたのだろうか。

「だから、俺はソラちゃんを選んだ」

「そんな……そんな……それって……」

その言い方ではまるで、私以外、選んだ人がいなかったみたいじゃないか。

店長が探していたバイト店員は私一人だけだった――この違和感は、私の漠然とした疑問とか不安を増長させていく。

「ソラちゃんなら、ずっとこのコンビニで働いてくれるかな、って思った」

「無理でしょ。就職だってあったし……」

「うん、だからゆくゆくは社員として登用するよって、話そうと思っていたんだ」

「何で過去形？」

思わず、ズバッとそう聞いてしまった。社員として登用云々《うんぬん》より、そちらの方が聞き捨てならなかったからだ。

店長はずっと笑ったままだ。笑っているというより、困っている、という顔かもしれない。

「日本のコンビニの店長、新しい人に代わっていた。あの人もプルナスシアとのハーフ？」

店長は少し困った笑みをしつつも、それでも正直に答えてくれる。

「そうだよ。新しい店長も俺と一緒」

その意味を、私は何となく察してしまった。こういう時、もっと鈍ければ良かったな、と思う。

「私の……代わり、探しています？」

私があのコンビニに勤めて五年経つ。その間、バイトがたくさん入れ代わっても、店長が代わったことはなかった。これからもそうだったらいいのに……と思っていた。

だけど店長が、日本のコンビニの店長でなくなった。この異世界コンビニでも会えなくなってきている。どんどん、店長と一緒に居られる時間が減っている。

「まだ……、そういう段階じゃないから、たぶん、大丈夫」

そう言った店長の声は、どこか弱々しい。まだ、ってことは、きっと、もうすぐそうなるんだということだ。そう思うと、また泣きたくなった。さっきまで一生懸命、我慢していたのに、どうして店長は私を泣かせたがるんだろう。そんなつもりはないかもしれないが、本当、鬼畜なんじゃないかと思えてくる。

「だけど、もし異動になったら、元のお店で働けるようにするから」

「店長じゃない店長の下で？」

新しい店長は、この店長ではない。プルナスシアの人間なのかもしれないが、私の知る店長は目の前にいるこの人だけだ。

古巣に戻るのは楽だから嬉しい。だけど、そこに店長がいないということは、私たちの道はそこから二度と交わらなくなるということではないのか？

「私ともう二度と会えなくなってても平気なんですか？」

不安な気持ちを押し隠すように、偉そうに聞いた。すると店長は笑おうとして失敗した表情で、顔がくしゃりとなる。

「こんなことになるなら、君をこっちの世界に連れてくるんじゃなかった」

苦々しい、何かを堪《こら》えるようにぼやかれた言葉の先を、多分、私は聞いてはいけない。だから私は泣きそうになるのを必死に堪え、気づかないふりをして言い返す。

「本当ですよ、私はずっと日本の店員で良かったのに」

「俺が欲張っちゃったんだよね。君ならこっちでも大丈夫かな、とか、こっちでも楽しいかな、とか」

「店長、欲張りすぎ」

日本の店で真面目に仕事をしつつ、時には他の店員も交えて子供みたいにはしゃぎながら過ごせたら、それで十分だったのに。そんな関係で、十分私は我慢できていたのに。

「うん、欲張りすぎた」

店長はそう言うと、そっと私の腰に回した手に力を入れる。それでも強く抱きしめることはしないところに、店長らしさがうかがえた。そうだよね、私たち、お互いのことをどう思っているのか何も伝えてない。

そして、これからも伝えないのだろう。

「ごめん、泣かせたくて連れてきたわけじゃないんだ」

「泣いてない……っ」

「ごめんね、ソラちゃん」

「さいてー……」

「本当に、ごめん」

謝るくらいなら、本当にこんなところへなんて連れてきてほしくなかった。

「私、ここ、辞めたくないです……」

呟いた願いが叶わないだろうことは、きっと私より店長の方が分かっているはずだ。それなのに、私を触れ合う程度の距離でしか抱きしめられない店長は言うのだ。

「うん、俺も辞めてほしくない」

それでも、私に辞めろと言うのは、他の誰でもない、この店長なんだろう。

この人は、優しい。でも、とても残酷だ。

11　異世界コンビニ、異動ですか？

『今日もお仕事お疲れ様。時間になったら帰っていいよ。アレイ』

朝一番で入ったコンビニに、店長の姿はない。辞めたくないと言ったあの日、互いに何となく気まずいまま別れてから三日過ぎたが、その間、見かけたのは店長の書き置きだけだった。日本でもプルナスシアのコンビニでも店長の姿を見かけていない。

それでも、私は自分に与えられた職務を淡々とこなす。まるで一度止まってしまったらもう動かなくなるぜんまい人形みたいに、淡々と。

ちゃらっちゃら、ちゃらちゃらららん。

十月七日、珍しく常連ではないお客さんが顔を出した。

「いらっしゃいませ」

棚を見ながら明日の商品入荷をどうしようか考えていた私は、振り向いた先に立つおじさんを見て息を呑んだ。

薄いピンク色の貫頭衣《かんとうい》を着た、少しくたびれた感じの小さなおじさん。ケンタと最初に、一緒に来た人だ。確かドンゴさんと言った気がする。太鼓《たいこ》みたいな名前だったので、人の名前がなかなか頭に残らない私でも覚えていた。

ドンゴさんは私と目が合うと小さくペコリと頭を下げてくる。私もなんとなくそれに合わせて頭を下げた。

「先日は私の不注意で、こちらにまでご迷惑をおかけしてしまい、申し訳ありませんでした」

自分より一回り年上であろうおじさんが、丁寧に謝罪してきたので私は戸惑ってしまう。

「あ、え？」

「ケンタ殿と会わせるつもりは全くなかったのです」

「ああ……」

思わず顔が強張《こわば》る。そういうことを謝られたってちっとも嬉しくない。確かにこのおじさんの国のせいで、私は今、この異世界コンビニを辞めさせられそうだし、ケンタはなりたくもない勇者になっている。でも、それを謝られたところで、私は何も許しようがない。

むしろ、私でなくてケンタに謝るのが筋《すじ》だろう。

「そういうことは、私ではなくてケンタに謝ってもらわないと」

許せる問題ではないけれどそう言うと、ドンゴさんは痛みに耐えるような顔で呟く。

「そうですね。これは私の罪です」

大きすぎる罪を背負ったと言わんばかりに、その顔は酷く疲れている。

「しかし、我が国にケンタ殿が必要だったのは確かです。後悔はありません」

「何それ」

勝手な言い分に思わず抗議の声を上げてしまった。

「おじさんは子供いないの？」

私の言葉にドンゴさんは目を見開く。こんなこと言われたくないだろうなと思ったが、それでも
「後悔がない」って言う人に、どうしても言ってやりたい。

「もし、自分の子供が同じ目に遭っても、そんなこと言えるの？」

「……」

ドンゴさんは一瞬、何とも言えない微妙な表情になったあと、

「そうですね、それでも私は召喚したでしょう」

と言った。

「え、おじさんが召喚したの？」

私の確認に、ドンゴさんが頷く。

「はい、私がしました。我が国を救うためには、どうしてもケンタ殿が必要だったのです」

「だからって――」

抗議しようとした私の言葉を、ドンゴさんは遮《さえぎ》る。

「許されないことは分かっています。ですが、それでも、何を失っても、私は成さなければならなかったのです」

その一瞬だけ、覇気のないドンゴさんの目に強い光が宿った。

どれだけ勇者が必要だったのか。プルナスシアに行けない私には分からない。でも、その揺るぎ

ない決意の強さに私は呑まれた。

ドンゴさんはそんな私に対して、やんわりと小さく微笑んだ。私への敵意は全くなく、どこまでも優しい顔は、なんだか見ていて痛々しかった。この人、本当は優しいんだろうなと思う。

「今日、スクラント国へ帰ります。その前に、どうしてもご迷惑をかけたことをお詫びしたかったのです」

「私にまでいいのに……」

気まずくなって目を逸らしてそう言うと、ドンゴさんは私に近づいて、それから深く頭を下げてくる。

「そして、これはお願いです。どうかケンタ殿のこと、よろしくお願いします」

「え？」

「もちろん、貴女がこの世界にいらっしゃる間だけのことになってしまうでしょうが、ケンタ殿はとても貴女を信頼されております。どうか、ここにいる間だけでもケンタ殿に優しくしてあげてください」

「え……」

何故そんなことをドンゴさんに頼まれるのか分からない。ケンタに冷たいことをした覚えはないが、必要以上に優しくした覚えもないのだけど。ただのコンビニ店員と客。それだけの関係であるはずの私に、何故にそこまで頼み込む。

ドンゴさんは顔を上げると、私の目をはっきり見て言う。

「ケンタ殿にとって、同じ日本にいた貴女の存在がとても大きいのです」

「いや、でもそれは……」

私が帰れるってことをケンタが知らないからこそ成り立つ関係だ。

「貴女とケンタ殿の違いは分かっております。それでも、ケンタ殿が貴女を信頼しているのは確かです。私は、この世界でケンタ殿が少しでも幸せになって欲しいと願っているのです」

勝手な言い分だ。勝手に元の世界から引き離して、勝手に勇者の役を押し付けて、だけど異世界で幸せになってほしいなんて、図々しいにもほどがあるんじゃないか。そう思ったけど、それを口には出せなかった。

ケンタのことをお願いするドンゴさんの目は、まるでお父さんみたいに慈愛《じあい》に満ちていたからだ。自分の罪滅ぼしのためだけではない物言いに、やはり私は言い返すこともできなくて――

「そんなに大したことできないと思いますけど」

気がついたらそんなことを言っていた。

「ありがとうございます」

心底嬉しそうにお礼を言われた。なんだか本当にケンタの親みたいだと思った。ケンタはこの人を恨まなかったのか。この人を問い詰めなかったのか。色々疑問に思ったが、それをドンゴさんに尋ねることはできなかった。

ちゃらっちゃら、ちゃらちゃららん。

と、いつもの入店音を響かせてジグさんが現れたからだ。

「おい、迎えが来たぞ」

ジグさんの言葉に、ドンゴさんが再度、軽く頭を下げた。ジグさんの背後——コンビニの外に立っている人たちを見て、私はギョッとする。二人の屈強な兵士だった。鎧《よろい》を着て帯剣していたのですぐ分かる。

「最後にお会いできて良かったです」

ドンゴさんは私を見るとそう言って、コンビニを出て行った。それから兵士に両側を挟まれて歩いていく。

「なんか、連行されているみたい……」

思わずそうぼやくと、ジグさんが答える。

「あながち間違いじゃねえぞ。召喚した神官は、僻地《へきち》の神殿で最下位神官として生活していくからな。二号まで上がった人間にはしんどいだろうさ」

「そうなんだ……」

それはとても屈辱的だろうなと思った私に、ジグさんはもっとえげつないことを言う。

「異世界から人を召喚するには、自分の家族を供物《くもつ》にしなければならない。ドンゴ神官が召喚の際に生贄《いけにえ》として捧げたのは、十三歳になる自分の息子だった」

「え」

今度こそ、私は心の底から驚いた。

待って、さっき、私、何て言った？　ドンゴさんを追い詰めるために、何て言葉を使った？

あの時のドンゴさんは決して怒ることも、悲しむこともしなかった。ただ、国のためだと揺るぎない意思だけを私に示した。そして、ずっと優しい目でケンタのことを語っていた。

「召喚された人間は、自分の息子とほとんど年の変わらない少年だ。皮肉なもんだな」

「生贄って……その子は」

「もういない」

ジグさんは、死んだとストレートに言わなかったが十分意味は分かる。

私はもう一度、すでに姿の見えなくなったドンゴさんの背を探すかのようにコンビニの外を見た。

まばらに生えている木と木の間に、日の光が差し込んでいる。

「なんだかプルナスシアって……本当に……」

私の住んでいる世界とは違うんだな、と思った。こんな世界で、ケンタは幸せになれるんだろうか。

※　※　※

「あんな奴、世界樹に喰われてしまえばいい！」

「大人げないですよ、王子」

翌日、いつでも幸せそうな幸福の性病王子は、早売りのおでんを食べていた。

買ってすぐにレジ前で頬張るのはやめていただきたい。しかし、凄く幸せそうな顔は、見ていて微笑ましいとは思う。

あ、あまりの熱さに、王子がハフハフしている。でも、お笑い芸人さんみたいな笑いがとれない微妙な線なのが残念すぎる。顔が美形なんだから、少し崩せばそれなりに笑いも取れるのに、中途半端な表情をしているのだ。つくづくこの王子は残念すぎる。

「ラフレ姫につきまといおって！　姫も姫だ！　何故あの子供をそこまで優遇する！」

「ハクサ殿下、勇者だからですよ」

ジーストさんがあっさりとしたツッコミをする。今日も元気にジーストさんとナシカさんは王子のお供をしている。本当に毎日お疲れ様です。

王子はどうやらケンタに大変ご立腹のようだ。よく考えれば、ラフレ姫はケンタに好意を寄せているわけではなく、親愛に近い感情で接しているのだと分かるだろうに、王子にはそこまで理解する余裕がないらしい。

餅巾着《もちきんちゃく》を食べて、中から出てきたあつあつ餅に悶絶《もんぜつ》している王子。本当、この浅はかさが残念すぎる。ケンタの現状を知った今、王子に対する私の評価は地を這う勢いだ。

「討伐は順調なんですか？」

舌を火傷《やけど》したと喚《わめ》く王子を無視してジーストさんに問えば、ジーストさんは「順調ですね」と返してくれる。

「ケンタ殿を召喚した国――スクラント国が、一番被害に遭っていたのですが、今は大分落ち着きましたかね。まあ、王族は勇者召喚の咎《とが》で総とっかえですが」

さらりとスクラント国の責任者の話まで付け加えてくれた。やはり勇者召喚の罪は重いらしい。

そのことに少しばかりホッとする。ちょっとでも誰かが、ケンタが勝手に背負わされたものの代償を払わなければやってられない――と私は思うから。

「そうなんですね。魔物ってそんなに世界樹に入り込んじゃうんですか？」

「普段はそれほどありません。世界樹を癒《い》やすための〝巫女〟がいますから。しかし、先代巫女が役目を降りてしまったため、世界樹が荒れてしまったのです。後任を探しているのですが、ここ数年はほぼ、いませんでした」

「巫女、ですか？」

「ええ、巫女です」

力強くナシカさんが肯定してくれた。

特別な力を持った巫女なんて人もいるのか、とつくづくこの世界はファンタジー色濃厚なのだと感じる。それと同時に、ナシカさんから向けられる強い視線に思わず目線を彷徨《さまよ》わせてしまった。

するとジーストさんが苦笑いを浮かべながら、付け加えてくれた。

「今は新しい巫女がようやく居ついたところなんですよ。だから世界樹も落ち着いてはきたのですが、スクラント国はそれまで待てなかったようですね。この前行った感じでは、かなり逼迫《ひっぱく》していた様子でした。他国に援助を求めれば何とかなったでしょうが、あの国はプライドが高いせいか……」

それで勇者召喚……というワケか。

そんな理由で召喚されたケンタは本当にたまらないよね。だって、巫女とやらがいたのだから、他国と協力してスクラント国が凌《しの》いでいれば、世界樹だって持ち直しただろうに。

「その巫女さんがもう少し早く世界樹を癒《い》やしてくれれば、ケンタも召喚されなかったのにね……」

そうすれば、ケンタだってあんなにしんどい思いをしなくてすんだのに。

ドンゴさんだって、自分の子供を犠牲にすることもなかったはずだ。

「いえ。巫女が何かをして世界樹を癒やすことはできないのです。巫女は、その〝場〟に居続けることによって、世界樹を癒やす存在なのですから」

ナシカさんがさらに強い口調でそう説明すると、横にいたジーストさんが顔色こそは変えなかったが、ナシカさんを引っ張ったのが目の端に見えた。

何かが。

何かが、多分、私に言ってはいけないことなのだ。

その〝場〟にいることによって、世界樹を癒やす巫女。

何だか、それと似たような話を私はどこかで聞いた気がする。

「そういえば、世界樹の話ってよく聞くんですけど、世界樹にとって私たち異世界人って特別なんですか？」

ジグさんとの会話では聞きそびれたことを尋ねると、ナシカさんはわずかに片眉を上げた。やはり聞いてはいけなかったことなのだろうか。質問を引っ込めようと口を開くと、それより早くナシカさんが被せてくる。

「そうですね、世界樹にとって異世界人だからこそ取り込む意味があるのです」

うわ、断定されてしまうとやはり怖い。異世界人を食べる木がご神木《しんぼく》って、怖すぎる。だけど、それ以上に、世界樹の存在がいかにこの世界で絶対的なのかを思い知らされる。

そんな樹を癒やすために必要な巫女というのは、どれくらい重要な存在なのだろう。

きっと、ジグさんのような護衛だって必要だ。

それに、店長みたいな一号神官クラスの偉い人が、巫女に応対しているのかもしれない。

一つ一つの物事をパズルのピースのようにはめていく私に、ナシカさんが更なるピースをくれる。

「言い伝えではありますが、五十人の異世界人を召喚した話があります」

「お、それは余も知っておる。有名な話だ」

ナシカさんの話に、王子が得意げに口を突っ込んできた。だから、私は王子にニッコリ微笑んで言う。

「王子、このこんにゃく、からしをつけても美味しいんですよ」

「ム、そうなのか？」

王子はおでんが入っている什器《じゅうき》からこんにゃくを探し出す。そして、からしをたっぷりつけ嬉々《きき》として口に放り込んだ。

「？！？！」

王子がワタワタし始めたのを確認してから、私はナシカさんに話の続きを促《うなが》した。

ナシカさんはきっと、とても重要なことを私に伝えようとしている。

そして、私はそれを一つたりとも聞き零《こぼ》してはいけないのだ。

「異世界人がこの世界に来ると、世界樹の加護によって、とても強い力を使えるようになります」

「でも、記憶が代償なんですよね？」

私が確認すると、ナシカさんは「ご存じでしたか」と言った。眼鏡の奥で瞳がわずかに揺らめく。

「一時的な力でも、私たちはその力を欲してしまうのでしょうね。それに目を付けた、今は亡き王国が、軍強化のために異世界人を五十人召喚しました」

「五十人も……」

あまりの人数の多さに言葉もない。連れてこられた方も可哀想だが、召喚のために犠牲になった人もいるのかと考えると、もっとやり切れなかった。

為政者にとっては、わざわざ兵を一から育て上げなくても、召喚するだけで最強の兵士が手中に入るのならと思うのかもしれない。だけど、それは傲慢《ごうまん》で酷い考えだ。

「召喚された人々は、突然のことに驚き、戸惑いました。そして、二度と自分たちの世界に戻れないことを知った時、大いに嘆いたのです。その嘆きに世界樹が共鳴し、世界樹は召喚人たちを、国ごとその根の中に取り込みました」

「うわ……」

それは引くってレベルの話じゃなかった。そうだよな、大陸全土に根が張り巡らされているということは、世界樹はとてつもなく巨大な木だ。その木の根が自由意思を持つのであれば、土から出てきて、国ひとつ地中に引きずり込むことも可能だろう。

「あの……、それでどうなったんですか？」

「数日後、その国のあった場所の地中から、恐らく全ての……王族を含む国民の遺体が発見されました」

「その中に五十人の召喚された人たちは含まれておりませんでした。彼らは、中央神殿にある世界樹の幹《みき》から排出されたのです」

「こ、怖すぎるんですけど！」

「し、死んでいたの……？」

「生き残ったのは、五人の子供だけでした。彼らは中央神殿で保護されたそうです。それ以来、異世界人を無暗《むやみ》に召喚することは禁じられています」

ナシカさんの口調が淡々としていたことで、余計にその当時のことが想像できて怖かった。

「あれ、でも、何で子供だけ……？」

普通なら、大人の方が体力があるはずだ。それなのに子供たちだけが生き残るなんて不思議だ。

当然、その理由を中央神殿でも考えただろうけど。

ナシカさんは一度頷いてから、口を開く。

「多分、世界樹の欲するものをあまり持ち合わせていなかったのだろうと。事実、彼らは何一つ、元の世界のことを覚えておりませんでした」

「世界樹の欲っするものって——？」

記憶ではないのか？　それとも、記憶は記憶でも何か特別な記憶を欲しがるのだろうか？

「そんなこと、お前はとっくに知っておろう？」

口をモコモコと動かしながら、王子が再び割って入った。

「私が、知っている……？」

私は何を知っている？

何を、おかしいと思った？

ケンタの、何かが欠けてしまったあの顔が脳裏に蘇《よみがえ》る。世界樹という強大な力を得るために、奪われていく記憶。代償。世界樹にとって特別な存在である〝異世界人〟。

異世界で、どうしてコンビニが必要なのか。売る相手もそれほど多いわけではないのに。

コンビニが必要なのか？　それとも、コンビニではない何かが必要なのか？

ジグさんという護衛。整えられたコンビニという環境。

それは、誰のために、準備されたものだったのか――

※　※　※

夜中に、姉の部屋の物音で目が覚めた。きっと、授乳タイムなのだろう。

十月一日に出産した姉は、その五日後に退院して、今、我が家に帰ってきている。

廊下に出ると、私の起きた音に気づいたらしい姉が、部屋にいるまま声を掛けてくる。

「ごめん、奏楽。ミルク冷やしてきてくれる？」

「いいよー」

姉の部屋に入った私は、哺乳瓶を受け取ってキッチンに降りた。熱湯で溶かしたミルクは、適温に冷ます必要があるからだ。

姉は母乳だけではなくこうしてミルクも飲ませて姪《めい》っ子を育てている。生後一週間の赤ん坊はふにゃふにゃで凄く小さい。まさに生まれたてって感じの彼女が、今や我が家のアイドルだ。その姪っ子のためなら、夜中にミルクを冷ますよう頼まれても喜んで手伝ってしまうくらい可愛い。

あんな生まれたての赤ちゃんを見たのは初めてだが、赤ちゃんがこれほど可愛いものだとは思わなかった。

ミルクを持って戻るついでに、喉《のど》が渇《かわ》いていたので冷蔵庫を開けると、ケンタのよく飲むピーチジュースが入っていた。先週、姉の出産の日に私がコンビニで買ったものだが、誰も飲まずに残っていたようだ。私はミルクと一緒にそれも持って、姉の部屋に戻る。

「はい、お姉ちゃん」

「ありがとう」

授乳していた姉は、ふっくらとした乳房をしまうと、ミルクに切り替えた。赤ん坊は器用に吸い口からミルクを飲んでいる。

「可愛いね」

そう言うと、姉は微笑んで返す。

「可愛いよ。自分の子供がこんなに可愛いとは思わなかった」

しみじみと実感されて呟かれる言葉に、じんときた。

ミルクを飲ませながら、姉が「仕事、つらいの？」と尋ねてくる。

「いや、仕事自体はつらくないよ。今まで続けてきたことだし」

コンビニの仕事っていうのは、誰でもできそうな仕事だけど、それでも相性はある。接客して、掃除して、発注して、といった業務を日々繰り返すっていうのは、自分の性分に合っているんだな、と思った。土日休みでないこともそれほどつらくはないし。

「じゃあ、嫌なお客さんに絡まれたの？」

たまに変な客の話もしていたので覚えていたのだろう。心配そうな姉に、私は首を横に振った。

「ううん、そんなことない。常連さんもできたけど、みんないい人だよ」

本当にそう思う。王子もラフレ姫も、店長もジグさんも、みんないい人だ。

ただ、あの世界が私たちに強《し》いることがしんどいだけで――

何となくやり切れない気持ちになって、ピーチジュースを開けて飲んでみた。香水ブランドとの共同開発商品だとミカちゃんは言っていたが、ジュースから香るのは香水というより瑞々《みずみず》しい桃のような香りだ。これなら確かに男子も飲みやすいなと思った。

「ねえ、お姉ちゃん。もし、私がいなくなったらどうする？」

「は？」

ミルクを飲ませていた姉が、思いっきり訝《いぶか》しげな顔で私を見てくる。

「いや、どこにも行かないけれど。バイト先のお客さんでね、元々住んでいた場所に帰れない人がいるんだ」

ケンタのことだ。しかも、ケンタは帰れない上に、日本のことも忘れてしまうのだ。

「何それ？」

確かに現代日本では限りなくあり得ない話だよな、と思ってしまう。だって、飛行機や電車でいくらでも移動できるのだ。帰らないということはあっても、帰れないということはまずない。

「外国の人、なんだよ」

適当にはぐらかす。姉は「ああ」と納得し、「それは切ないねえ」と共感してくれる。そして――

「だけど、それでも生きていくしかないよね」

続けられたのは、割り切り型の姉らしいキッパリとした言葉だった。

「零《こぼ》したミルクを嘆いてもしょうがないって言うじゃない？　どうしようもないことなんて、皆誰しも一度は経験することだよ。まあ、母国に帰れないなんて悲劇だろうけど、奏楽が悩んだってどうしようもないじゃない」

「お姉ちゃん」

なんというか、こういう時、本当に姉は姉だな、と思ってしまう。

「結局は自分で乗り越えていくしかないんだよ、奏楽くん。たとえ、飲ませる前にオムツを替えたというのに、ミルクを飲んでいるうちに、うんうんと唸《うな》られたら、母親は無言でオムツを取り替えてあげなければならない生き物……！」

ガクリと項垂《うなだ》れる姉のために、私は笑いながらオムツを用意してあげた。

悩んでいても、誰かのことを憂《うれ》えていても、私たちは笑える。笑ってしまう。

そういう自分を、私は薄情だとは思わない。むしろ、こういう強《したた》かさが生きていくためには必要なんだろうな、と思った。

12　答え合わせをしようか

さて、シリアス展開に入る前におさらいをしようか。

プルナスシアの中心には世界樹が生えている。世界樹は異世界人の記憶を吸い取る。その世界樹の安定のためには巫女という存在が必要となる。

それが今まで聞いたザッとした内容だ。言葉にすると、三行にも満たないとか、私の悩み事なんて大したことないな、と思ってしまう。だけど、そんな三行足らずのことでも考えてみよう。そういう時に限って――

「どうして客足が絶えないのかな」

「ム？　何か言ったか？」

王子が今日はスチーマーを睨みながらそう言ってくる。そろそろ肉まんも美味しい季節になってきたよね。昨日、あつあつおでんを学習した王子は、今日は肉まんに興味津々だ。こんなに毎日コンビニに来て、王子はいつ仕事をしているのだろうという思いを込めてナシカさんを見つめると、

「ハクサ殿下は、こうして世界各国を見学することがお仕事なのです」

と菩薩《ぼさつ》の顔で言われた。

「おい、この黄色の饅頭《まんじゅう》は何だ？」

王子が指さしたのは、一番上の棚にあるカレーまんだ。ファンファレマートの肉まん類はなんと自社製造。なんでも地産地消を目指しているとかで、それを売りにした肉まん類はオール国産だ。

まあ、見た目は他社のと変わらないんですけどね。

「それはカレーまんですよ」

「フム。カレーというと、スプーサ国で最近人気の出てきたスープだな。あれを饅頭にしているのか」

感心したような王子の言葉に、こちらにもカレーがあるんだな、と私も別のことに感心した。

「あ、カレーまんの中のカレーはスープじゃないですよ。固まっていて餡子《あんこ》みたいになっています」

「ム、そうか」

王子は目をキラキラさせてカレーまんを見ている。これは買うだろうな。

「では、この白いものの中身は白餡だな！」

自信満々に王子がそう言った。惜しい、惜しいよ、王子。

「残念、そちらの中身は挽肉《ひきにく》です」

「ム？　では、こちらの白色のもそうなのか？」

「それは餡まんです。ええと、黒っぽい甘い餡子が入ってます」

「？？？」

王子が混乱している。カレーまんの時は普通だったのに、肉まんや餡まんは不思議そうに見ている。何がそんなに不思議なのだろうか。首を傾げると、ジーストさんが説明してくれる。

「キザク国でも中に餡を包んだ蒸《む》し饅頭《まんじゅう》はあるのですが、全て中の色が分かるようにできているんです」

「え、じゃあ肉の時は？」

「茶系の色ですね」

おお、こっちの肉まん類は、はっきりと見た目で分かるのか。だからカレーまんには納得しても、肉まんや餡まんには不思議そうな顔だったんですね。

「世界樹にあやかって作るお祝いものですからね。きちんと何が中身か分かるようにするんですよ」

ナシカさんの補足がやけに気になり、尋ねてみる。

「世界樹にあやかるって？」

「世界樹には世界樹だけの〝色〟があるんです」

どんな色？　と聞く前に、王子が叫ぶ。

「余はこのカレーまんを所望する！」

話が途切れた。ナシカさんもそれ以上は言う気がないらしく、口を噤《つぐ》んでしまったので、私はコンビニ店員の仕事に徹することにした。

「日本ではこの肉まん類を二つ買って、胸に詰める人がいるんですよ」

「ム？　何故だ」

「偽《にせ》パイです」

「偽パイ……！」

衝撃を受ける王子。ここで店長がいたら「そんな嘘を王子に教えないでよ！」と叫びそうだが、生憎《あいにく》ここに店員は私一人しかいない。

王子はゴクリと生唾《なまつば》を呑み込むと、自分の手の中のカレーまんを見つめる。

「確かにこのふわふわ感……日本人の発想は凄いな！」

「いえいえ、日本の高尚な文化です」

もちろん嘘ですが。

「ソラちゃん、また王子をからかってるの？」

ちゃらっちゃら、ちゃらちゃらちゃらん。

いつもの入店音と共にコンビニに入ってきたのは、店長とジグさんだった。店長は日本の格好ではなく、こちらの正装で――あの、ケンタを神殿に連れて行ったドンゴ神官と同じ服だ。薄いピンク色の神官服に包まれた店長は、苦笑しながら私たちを見ている。

ズキリ、と胸が痛んだのはきっと何かを予感したからだろう。

久しぶりに見た店長は相変わらずで、少しだけ安心できたけど、胸の中のモヤモヤは消えない。

「貴様、余を騙《だま》したのか！」

「騙してないです。コミュニケーションです」

残念王子相手に思わず声が上ずった。私は平静を装《よそお》うと、腰に手を当て、王子を茶化す。店長には普段の私に見えているだろうか。

グギギギと悔しがる王子に、店長はまた苦笑して言う。

「彼女は仲良くなると、ちょっと相手を虐《いじ》めたくなる性質《タチ》なんですよ」

フォローにもならないフォローだな。

「どういう性癖《せいへき》ですか、それ」

「俺に対してはもっと酷いじゃん」

「何それ？　私と仲がいいとでも思っていたのか」

「うん、思っている」

ぐは。

サラリとそんなことを言うな。私が不満げに口を尖《とが》らせると、店長は私の顔を見て切なげに微笑んだ。

嫌な、予感がした。

そして、私から顔を王子に向けて、言う。

「ハクサ殿下。この店舗の閉店が決まったので、彼女はもう日本に帰るんですよ」

何だそれ。一瞬、頭が真っ白になる。

それ、まず私に言うことだろうが。

「ム。それではこのコンビニとやらはなくなるのか？」

「そうなりますね」

頭上で勝手に交わされる会話が腹立たしい。私は店長をきつく睨みつけた。

姉の出産の時に凄く助けてくれた人を、どうして私はこうして睨みつけなくちゃならないんだ。だけど、これが納得のいかない出来事に対するせめてもの抗議だ。

店長はそんな私の気持ちを分かっていたのだろう。申し訳なさそうな顔で私に言う。

「ごめんね、ソラちゃん。この店舗、もうすぐ使えなくなりそうなんだ。だから、元の日本の店舗に戻ってもらえる？」

それは、どうひっくり返っても紛《まご》うことなき異動勧告だった。

まさか、異動だから辞めろとは言ってない――なんて、どっかの企業の人事部が言いそうな提案をされるとは思いもしなかった。

連れてくる時も勝手だったくせに、追い出す時も勝手とは、本当にこの店長は酷い。

「イヤです」

キッパリハッキリ、そう断言した私の声は、静まり返ったコンビニの中に、やけに大きく響き渡った。

「ソラちゃん？」

私の言葉が予想外だったのだろう。店長はとても驚いた顔で私を見ている。そんなに驚くほどのことか。私、ここを辞めたくないってこの前だって言ったじゃないか。

「せっかくこっちに慣れてきたのに、どうして私が異動なんですか？　使えないのは私じゃないでしょ？　どっちかっていうと、店長の方が使えないんじゃないですか？」

私の減らず口は、どこまでも店長を攻撃していく。まるで攻撃を止めたらそこでやられてしまうかのように。背水の陣の勢いで――事実そうであろうこの状況で、私の口は止まらない。

「大体、こんな売れないコンビニ、私がいなくちゃすぐ潰れちゃうじゃないですか？　それとも私がいなくなったら、また新しいコンビニを作るんですか？　別の誰かのために、コンビニを用意するんですか？」

このコンビニに異動になった時から、疑問に思っていたことがある。

どうして異世界でコンビニなのか。

日本のコンビニを、丸ごとこちらの世界に作るメリットは何なのか。

買いに来るのは常連ばかり。たまに来たと思えば、森に迷い込んだらしい旅人か盗賊で、売り上げへの貢献は見込めない。しかも、わざわざジグさんという傭兵《ようへい》……ではなく、神殿護衛騎士に警備させるというコンビニらしくない厳重さ。

そして、他のバイトと会わない奇妙なシフト。会わないいんじゃない。いないのだ、他の店員なんて。だからトイレ掃除のチェック表には終《つい》ぞ私と店長以外の名前が書かれたことはなかった。

あれほど、皆、言っていたではないか。ジグさんも、ナシカさんも。

異世界人は世界樹の特別だと。

異世界でコンビニが必要だったのではない。

異世界で必要だったのは、〝私〟だ。

しん、と静まり返った店内。最初に沈黙を破ったのは店長だった。軽くため息を吐《つ》いたあと、店長は私に言う。

「ソラちゃんは、本当に頭の回転が速いよね。それでどうして就職決まらないのかな」

「どうしてなんでしょうかね？　自分では最大の売りだと思うんですけど」

「大きな組織の歯車が小賢《こざか》しいと、組織が困るんだろうさ」

店長の後ろで今までずっと黙っていたジグさんが口を開いた。ジグさんはいつものからかうような顔ではなく、教師のような真面目な表情で、私を促《うなが》す。

「ソラ、分かってんだろう？　これ以上、こっちに来ることは無理だって」

カウンターの内側と外側。店員と客。

まるで図《はか》ったみたいに、レジカウンターを挟んで、私と他の皆が隔《へだ》たれている。

だけどジグさんの言う〝こっち〟は、レジカウンターの向こうとこちら側という意味ではない。

異世界であるプルナスシアと、私の故郷である日本という意味だ。そして、私はどんなに彼らと親しくなろうと、そちらの世界に行くつもりはない。行けない。

「だからって、切り捨てるより他に方法はなかったんですか？」

コンビニはあるのに、どうしてここにいられないのか。ギュッと握りしめた手と、噛みしめた唇が痛い。

「もし、勇者がソラちゃんのことを知ったら、多分、ソラちゃんに危害を加える。勇者の記憶が薄れるまで一年かかる。その間、君をこの世界にかかわらせるのは危険なんだ」

淡々と告げる店長の言葉がつらかった。

ああ、やっぱり、と思った。ケンタとかかわったから、私はこのコンビニの店員でいられなくなるのだ。だけど、それでケンタを恨むことはしない。というか、できるわけがない。

ケンタはプルナスシアに来たことによって、全てを失うことになったからだ。

その傍《かたわ》らで、何もかも失っていない私という存在は、ケンタにとって非常に許し難《がた》いだろう。

同じ日本人なのに、片やいつでも帰れてコンビニで気楽なバイトをし、片や勇者として崇《あが》められつつも二度と日本に帰ることもできず思い出さえ奪われていく。背負わされたものが重い方が軽い方へ、川の流れの如《ごと》く激情を押しつけるのは、火を見るより明らかだ。

「ここ最近、店長が不在だったのは、勇者と私を引き離すことを議論していたんですね？」

確認としてそう問えば、「そうだよ」と頷かれる。

「その結果、ソラちゃんを元の世界に返し、このコンビニではないものを勇者の知らない場所に作ることになったんだ」

「私だと、すでに勇者と面識があるからですか？」

「この世界に来てからのことは、勇者の記憶から消えないから……」

「じゃあ、勇者がこのコンビニに来られないようにするとかは——」

言いかけて、その先は言えなかった。多分、そんなのとっくの昔に議論されていたことだろう。

互いを引き離しても、また偶然に出会ってしまったら、その時こそ、ケンタは「おかしい」と気づくだろう。

嘘を吐き続けてもいつか綻《ほころ》びが生じる。だから、勇者と出会ってしまった私は、この世界にいられない。

「店長、どうして私だったんですか？」

それは質問ではない。だってその答えは、この間の二人きりの時、店長からもらっていたから。

だから、これは店長への抗議だ。

どうして私だったのか。私でなければ、私はこんなにしんどい想いなんてしなかったのに。

店長はくしゃりと顔を歪《ゆが》めた。そして私を残酷にも突き放す。

「誰でも良かったんだよ」

何だそれ。だったらミカちゃんや木村くんだって良かったということか。私でなくて良かったなら、何故そちらにしなかった。

「誰でも良かったのに……」

店長が呟く。独り言のように呟かれた小さな声の続きは、店長の〝我儘《わがまま》〟。

「だけど、俺が、君じゃなければ駄目だった。だから、君を選んだことは間違っていなかったと思っている」

それなら、何が間違っていたと言うのか。その時――

ちゃらっちゃら、ちゃらちゃらちゃららん。

この緊迫した雰囲気を壊すかのように、再び入店音が響き渡った。

「あれ？　凄いね、皆勢ぞろい？」

キョトンとした顔をするケンタの飄々《ひょうひょう》とした声が、やけに不似合いにその場に響いた。いつものようにラフレ姫も一緒だ。

何故、今、一堂に会するのか。その奇妙な偶然に、私は顔をひきつらせたが、私以上に表情を硬くしたのはラフレ姫だった。

「ケ、ケンタ、帰りましょう。人が多いです」

珍しく上ずったラフレ姫の声。彼女はこのフルメンバーを見て大いに動揺したらしい。だけどそれにしては異様に動揺する姿に、胸騒ぎがする。

「えー、いいじゃん、皆いたってさあ～。ラフレ姫、買い物しようよ！」

ケンタは無邪気にラフレ姫の背中に手を回す。

ケンタは王子がラフレ姫のことを好きなことは知っているようで、わざと挑発しているのだろう。より親しげに見える方法をとったのは、誰の目にも明らかだった。

「貴様……」

カレーまんを持ちながら、思わず、といった感じに呟いた王子。きっと、我慢できなかったのだろう。二十三歳の王子が、十五歳の子供にムキになるなんて大人げないと思ったが、いつも討伐でもこんな感じなんだろうな。

しかし、墓穴を掘るというのは、大抵、いつも失敗をやらかす人間より、注意していた人間の方がやってしまうらしい。

「ハクサ殿下！　駄目です！」

それを止めようとして大声を上げてしまったジーストさん。

その横でナシカさんが息を呑んで、首を横に振る。

唖然《あぜん》としてそれを見つめる店長と、空を仰《あお》ぐジグさん。

皆の、しまったと言わんばかりの様子から、ジーストさんが何かをしてしまったのだと、私は悟った。

いつもの普通のやり取りに思えたのだが、何が違ったのか。

「……どうして――？」

ゆっくりと、だけど、確実に、ケンタの顔が強張《こわば》っていった。

今まで闊達《かったつ》だった少年が、何か別のものになったかのように、ずるりと表情が削げ落ちている。

「どうして、王子たちが日本語を話しているの？」

「え――？」

訝《いぶか》しげなケンタの言葉は、私にとっても意外なものだった。

『違うよ。俺は今こっちの言葉話しているし、ソラちゃんは日本語。このコンビニの中だけ特別な魔法で、自動翻訳されているだけ』

そう店長に言われていたはずなのに、普通に話していたから、すっかり忘れていた。

だから、まさかケンタが、外の世界では言葉が分からなかったなんて思いもしなかった。

「どうして、王子たちが日本語を話しているの？」

王子たちは戸惑いの色も露《あら》わに黙りこくる。

ケンタの横では、ラフレ姫がハラハラとした顔で見ていた。

「あれ？　ラフレ姫とはケンタ、普通に話しているよね？」

ケンタはそのことは疑問に思わなかったのだろうか。つい尋ねてしまったことに、ケンタは顔を強張らせたまま、私に言う。

「ラフレ姫は日本語で俺に話し掛けているから」

「え……？」

（ラフレ姫は日本語を話せたの？）

思い返せば、コンビニでケンタと普通に話をしていたのは、ラフレ姫と店長、あとはドンゴさんだけだ。もしかしなくても、神官は日本語が話せるのだろうか。だからケンタは、コンビニの中で私がジグさんと話していた時、ジグさんが神殿の護衛騎士だから日本語を話せるのだと勝手に解釈したのか。

王子たちがゴチャゴチャわけの分からないことばかり言うというのは、比喩《ひゆ》でもなんでもなく、ケンタにとってはまさにそうだったということで。

驚く私を見て、ケンタが何かに気づく。

「……〝ここ〟だと言葉が通じるってことなわけ？」

ケンタは困惑しつつも、考えを巡らせているようだ。

「巫女がいなくなったから、俺はこの世界に呼ばれたんだってドンゴ二号神官が言ってたけど、違うってこと？」

巫女。特別な〝場〟に存在することで世界樹を癒《い》やす人。

世界樹が必要とする〝異世界人〟。ケンタは勇者として必要とされた。それならば、私はどんな意図で必要とされたのか。勇者でない私の役割とは何だったのか。

私とケンタはほぼ同時に、〝私〟がこの世界にとってどんな〝役割〟を与えられていたのか、理解したのだ。

「お前が……〝巫女〟か」

「ジグ、ケンタを！」

「ああ、分かった」

ケンタの声と、店長たちの声が重なる。

店長がケンタの腕を掴んだ。ジグさんもそれに追随《ついずい》して、無理やりケンタを外へ引きずり出そうとする。

「お前たちも手伝え！」

ジグさんの声に、慌てて王子とジーストさん、ナシカさんも従う。

「ラフレ神官、結界を頼む！」

店長の声にラフレ姫が泣きそうな顔で「はい」と返事をした。

「ソラちゃん、逃げなさい！　元の世界に帰るんだ！」

しかし、それを切り裂くような、悲鳴のような叫びが、一つ。

「どこに帰るんだよ！」

私の耳にダイレクトに響いてくる。

「どこに帰るんだよ！　ソラさん！　どこに帰るんだ！」

羽交い締めされたケンタが、獣《けもの》のように歯をむき出しにして叫ぶ。その叫びの内容は、鋭い刃となって私に突き刺さってくる。

「お前は帰れるのか？　お前だけは日本に帰れるのかっ！」

ちゃらっちゃら、ちゃらちゃらららん。

退店の音と、ケンタの叫びが重なる。ケンタは血走った目で私を見ていた。

「俺は帰れないのに、どうして、あんただけが帰れるんだっ！」

子供とは思えない、慟哭《どうこく》のような声。日本でなら、きっと彼が吐き出すことのなかった声が、押し出される。

ああ、彼は分かってしまった。

私が知ってほしくなかったことを、分かってしまった。

きっかけは、ジーストさんとの言葉が通じたということだ。その理由をケンタはこの〝コンビニ〟に見出《みいだ》した。

私にとっては〝話せる〟という当たり前だったことが、ケンタにとっては当たり前ではなかった。

そして、ケンタはその当たり前ではないことが、私が二つの世界を行き来できるということに繋《つな》がることを知っていたから。

二つの世界を行き来し、言葉の不自由もない場所。このコンビニという箱が〝特別〟だったとすれば、そこにいる〝私〟は――

『巫女は、その〝場〟に居続けることによって、世界樹を癒《い》やす存在なのですから』

ナシカさんはとても大切なことを私に伝えていた。私に、無知であることの危険を必死に教えてくれていたのだ。世界樹はプルナスシアの根源だと言っていたではないか。それのためなら、神殿は何だってするのだと。

世界樹のためなら、異世界にコンビニという〝場〟を作ることだって、厭《いと》わないだろう。

そこに私という異世界人の〝巫女〟を据《す》え、世界樹を安定させる。

それこそが、神殿の意図――この異世界コンビニの真実だった。

「どうして？　どうしてだよ！」

喚《わめ》くケンタの声が悲鳴のように外から聞こえて来て、私は我に返った。見れば、店の外で、大男たちに押さえつけられているケンタの姿が。それはとても異様な光景。

ラフレ姫は外に出ると入り口のドアを閉じた。そして、こちらを振り返りドアの外から言う。

「勇者のことは大丈夫です！　だからソラさん、帰って！」

「でも……っ」

普通なら、あとのことを彼らに任せて帰ってしまえるかもしれない。でも、ここは日本ではない。

そして、ケンタもただの中学生じゃない。

ラフレ姫はドアを両手で押さえ、ケンタたちに背を向けて、何か呪文のようなものを唱える。

「ラフレ姫！」

気づけば私はレジカウンターから飛び出していた。入り口まで行って、目の前でドアを必死で閉じているラフレ姫にまた呼びかける。しかし、彼女は呪文を唱えながら、首を横に振るだけだ。

ドアを隔《へだ》てているというのに、ケンタの大きな声がコンビニの中にまで響いてくる。

「逃げるな！　逃げんじゃねえぞ！　ふざけんな！」

ケンタは何度も同じ言葉を繰り返す。

「落ち着いてください、ケンタ！」

「落ち着け！」

「頼むから、話を聞いてくれ」

大人たちは必死で子供を説得しようとしている。

そして、次の瞬間。

ドンッ！

大きな爆発音と共に、あれほど屈強な体をした大人たちが、いともたやすく吹き飛ばされた。

「きゃっ……」

ラフレ姫も爆風に背中を押されたのだろう。少し苦しそうに顔を歪《ゆが》めていた。

爆心地に佇《たたず》むケンタは、血走った目でコンビニの中を睨みつけている。

「ケンタ、やめて！」

私は思わず叫んだ。ケンタはそんな私を扉越しに見ながら、ニヤリと笑った。

「元の世界に逃げたら、コイツら一人残らず殺す……！」

ケンタの言葉が合図であるかのように、突然地面が盛り上がり、太い木の根が飛び出した。そして、まるで生き物みたいにくねり、倒れている店長、ジグさん、王子、ジーストさん、ナシカさんの動きを封じる。

「×××！」

王子やジグさんが叫んでいるが、何を言っているのか分からない。初めて、ケンタの言っていた、言葉が通じないということを実感した。

にもかかわらず、外に出たラフレ姫が私に話し掛けて、私がその言葉を理解できたのは、間違いなく、彼女の言葉が日本語だったからだ。

「誰から殺そうか？」

ケンタがそう言うと、木の根っこが男たちを吊し上げる。必死に皆がそれから逃れようとしているのだが、誰一人叶わない。

「王子にする？　騎士にする？　魔法士にする？　選び放題だ」

先ほどの激情とは打って変わって凪《な》いだケンタの声は、それでもどこか狂気じみていた。当たり前だ。彼は冗談でなく、本当に人を殺そうとしているのだから。

「ソラちゃん、早く行くんだ！」

店長の声が聞こえる。

「ソラさん、お願いです。帰って……！　こちらは大丈夫ですからっ！」

ドアを閉めているラフレ姫もそう私に言う。

何が大丈夫なんだろう。ちっとも大丈夫じゃないじゃないか！

「だって、私が帰ったら、皆、殺されちゃうかも……！」

「そんなことにはなりませんっ……ケンタはそんな人では――きゃあ！」

ラフレ姫の悲鳴が上がる。鞭《むち》のようにしなった木の根っこが彼女の背中を打ったのだ。

「ラフレ姫っ！」

お姫様なのに。まだケンタとそれほど変わらない、十八歳の女の子なのに。

蹲《うずくま》る彼女の薄いピンク色のローブはズタズタで、その白い背中に真っ赤な血が滲《にじ》み始めていた。

「それとも、おんなじ女の子を傷つけた方が、ソラさんには効果的？」

「ケンタっ！　あんた、ラフレ姫に優しくしてもらっていたじゃないっ！」

私はバンッとドアを叩いて、その向こうにいるケンタへ向かって叫んだ。でも、ケンタはそんな私の声に全く興味を示さない。

「不公平じゃないか。俺だけ帰れないなんて。こんな……こいつらの勝手な理由で連れてこられて、なのに二度と帰れないなんて、そんなの不公平じゃないか」

絞り出すように紡《つむ》がれた言葉が、私の心を刺す。それは私も思ったことだった。

たった十五歳の少年を、勝手に連れてきて、勝手に帰ることさえできなくさせた。それは店長やラフレ姫がしたことではない。したことではないけれど、この世界の人間がケンタにしたことだ。

そしてそれは一歩間違えれば、私にも起こり得た出来事で――

「ソラさん、出ておいでよ」

ケンタがポツリと言った。

「……え」

ドクリ、と私の心臓が跳ねる。

「知っているんだよ、俺。巫女は結界の中で守られる。そうして、あっちの世界と行き来して生きることで世界樹を癒《い》やす。あっちの世界と繋《つな》がる唯一の存在だから、世界樹を癒《い》やし続けられるんだ」

自分が巫女だということは、さっきのケンタの発言で分かったけれど、その役目はあまり理解していない。祈りを捧げるわけでもない。私はただコンビニで働いていただけだ。

あちらの世界と繋がっている私が、このコンビニの中で生きていることで、世界樹を癒やす――

それはどういう意味なのだろう。

異世界特有の理由があるのかもしれない。

それとも、私が大切な何かをまだ見逃しているだけなのか――

「そこから――その結界の中から、出ておいで。世界樹の力がその箱《コンビニ》の中までは届かないみたいで、世界樹の木の根で引きずりだせないんだよね」

ご丁寧にケンタは私の安全を保障する。でもそれを保障してもどうとでもできることも、この少年は分かっている。

「引きずりだせなくても、自分から出てくることはできるよね？　だって、そうしないと俺、何をするか分からないよ？」

再び、ケンタの意思を汲み取った木の根が、ラフレ姫に向かって振り上げられた。

「！」

ケンタは分かっている。男より女。強いものより弱いものを傷つけることの方がとても楽で、より一層私を追い詰めるのだと。

「ラフレ××！」

多分、ラフレ姫と呼んだのだろう、男の声。次いで燃え上がる炎。木の根に拘束された誰かの体が燃えている。

「……！」

それはあの、性病王子の体だった。火を操《あやつ》れるからといって、火に包まれても無事だとかそんなことはなく、彼は「ぐおぉぉぉぉ！」と唸《うな》るような声を上げている。ジーストさんとナシカさんが何かを叫んでいるが、私にはその言葉は分からない。

やがて木の根を燃やし尽くした王子は、ドサリと地面に落ちた。真っ赤に焼けた白い鎧《よろい》と、焦げた金の髪。顔も煤《すす》けて黒くなっている。それでも立ち上がって、ラフレ姫に向かおうとする木の根を、炎をまとわせた剣で斬り付ける。

ラフレ姫がそちらを見上げながら、何かを叫んでいる。その言葉も分からないけれど、王子に怒っているのは分かった。

「あーあ、何、格好つけてんのさ。ワザワザ燃やす間待ってあげたのに、それしか応戦できないの？」

ケンタはそう言うと、今度はラフレ姫と王子を二人まとめて木の根で拘束した。

「×××××！」

王子がケンタに向かって何か言っている。恐らく怒りの言葉だろう。でも、ケンタは笑っている。

「ごっめーん。俺、あんたが何言ってるのか分からないや。でもまた燃やすなら今度はお姫様も一緒に燃えるよ？」

互いに言葉が通じずとも、それは王子も分かっていたのだろう。何かを叫びながらも、今度は己《おのれ》の体を燃やすことはしなかった。

その間、他の面々は歯がゆそうな顔をしていた。きっと抵抗しようとしたのだろうが、体中を拘束されて何もできないのだ。わずかに王子と同じようにナシカさんの木の根もくすぶり始めたが、すぐに幾重《いくえ》もの木の根がナシカさんに絡んでそれを防いだ。

「ねぇ、ソラさん」

木の根で拘束された皆を、まるでおもちゃみたいに見せびらかしながら、ケンタは言う。

「俺、一人だけがこっちの世界なんてズルイじゃないか。ソラさんも、こっちに来てよ。この世界の人になればいいよ」

ねだるように、懇願するように、ケンタの口から漏れる言葉。でもそれは、子供の可愛い我儘《わがまま》なんてものではない。〝私〟という一人の人間の人生を狂わせる言葉だ。

自分だけが異世界に囚われたその理不尽さを、ケンタは私にも押し付ける。

その気持ちはよく分かる。

私だって、ケンタの立場だったら、私が憎い。私だけが帰れるなんて、そんなのズルイと思う。

頭の中を、父の顔、母の顔、姉の顔、姪《めい》の顔、義兄の顔、友達の顔――たくさんのあちらの人間の顔が過《よぎ》る。

皆、皆、大好きな人たちの顔だ。

今日は何と言って家を出てきただろうか。いつもと変わらず「いってきます」しか言ってなかった気がする。初孫にメロメロな母はおざなりな返事しかくれなかったけど、それでも私が帰ってこなくなったら、どう思うだろう。

あの街が大好きだ。生まれた時から住んでいるから、過ごしやすくて、楽しい思い出ばかりで。一生、死ぬまでこの街で暮らすんだ――って、半ば本気で考えていた。そりゃ、好きになった相手が他の県に行きたいと言えば、渋々ついていくかもしれない。それでも、電話一本で両親と連絡がつく距離にいられれば、少しは我慢できる気がする。

でも、ここじゃそれはできない。店長に言伝《ことづて》を頼めるのだろうかと考えたが、ケンタが自分の住んでいるところを私に告げようとしてもうまくいかなかったみたいに、自分もそうなるんじゃないかと思う。

一度、このコンビニの外の世界に出てしまったら、元の世界は決して私を受け入れてはくれないのだ。今のケンタのように――

「出て来てよ、ソラさん。こっちで一緒に勇者って呼ばれてチヤホヤされて暮らそうよ。つらいのなんて最初だけだよ。大丈夫、そのうち、ウソみたいに日本にいたことなんて忘れちゃうんだ。父親のことも、母親のことも、友達のことも、みんな、みぃんな、今じゃ、思い出す回数が減っていってる……」

ケンタはまるで泣いているみたいだった。ラフレ姫にあんな酷いことをしたのに、ケンタの方が酷いことをされているように見えてくる。

事実、されてはいた。両親や友達と二度と会えなくさせられても、ケンタはそれを必死で押し込んで、耐えていたのだ。

帰れないことは、誰もが一緒だと――

だけど、帰れないのはケンタだけ。私は日本に帰れる。同じ日本人だというのに、その間には大きな溝《みぞ》がある。

「ソラちゃん、帰りなさい！　君は俺たちを選ぶ必要なんてない！　自分の気持ちを一番に考えるんだ！」

響いたのは店長の声。日本語なのだろう。木の根に拘束されながらも私を心配するって、馬鹿じゃないだろうか、この店長。

「店長！」

「うるさいなあ」

感情のこもらない声を上げ、ケンタが店長の顎《あご》のあたりに木の根を巻き付けた。顔を見せたまま首を締めるような巻き付け方にゾッとする。

「このまま折ってやろうか？　一人ずつ、首、千切《ちぎ》っていったら、少しは俺の気も晴れるかな」

「ケンタ、やめて！」

残酷なケンタの言葉に、ドア越しにそう叫べば、ケンタがギッと私を睨みつけて言う。

「ソラさん、どうする？　ソラさんがこっちの世界に来てくれたら、みんな殺さないでいてあげる。さあ、どうする？」

それは取引でも何でもない。一方的な通告。

私は……私は、どちらの世界を選べばいいんだろう。

13　で、結局どっちの世界、選んだの？

一つ、私は大きく息を吐いた。深呼吸に近い。就職面接でも、意地悪な質問をされた時は、深呼吸をして、まず冷静になることが先決だと本に書いてあった。頭に血が上った状態では、相手の思うつぼなのだと。

ドアの向こう側では、各々《おのおの》が様々な表情で私を見ていた。

王子はラフレ姫の心配をしている。自分はどうなってもいいから彼女だけは助けたいって顔に出ている。

ジーストさんとナシカさんは複雑な顔だ。彼らは王子ほど単純ではない。己《おのれ》の無力を痛感しながら、それでも私に何かを求めるようなことはしていなかった。

ラフレ姫は王子を気にしつつも、やはり同じように私に助けを求めるような顔はしていない。先ほどと変わらない、帰ってほしい、という表情だ。

ジグさんは、注意深く様子をうかがっているようだった。彼がこの中では一番冷静な気がした。死線を掻《か》い潜《くぐ》ってきたであろう男は、きっと私がどちらの選択をしても、「お前が選んだんだろう？」と言ってくれそうだった。

そして、店長は……

(もっとしっかりしなよ、店長)

思わず苦笑いを浮かべてしまった。

彼が、一番強く、私を見ていた。そして、一番強く、私に願っていた。

『早く帰れ』

ひたすらそれだけが聞こえてくるような顔だった。それは私をここに連れてきてしまった責任故《ゆえ》か。それとも、他にも何か含まれているのか。願わくは、他にも含まれていてくれたらな、と思う。

このドアを開けて、私がそちらの世界に行けば、皆助かるのだろう。ケンタの目的は私がそちらの世界に行くことだけなのだから。

だけど、その先に私の家族はいない。私の大切な人も、故郷もない。

ケンタと同じ。

ケンタは、そうなった私が、ケンタを恨まないとでも思っているのか。無理やり異世界へ連れだされた私がケンタを恨まないとでも。いや、きっと、そこまで考えが回っていないのだ。

残念、私、そこまでできた人間じゃない。

今、何をすべきなのか。

ああ、お姉ちゃん。確かにそうだ。結局は自分で選んでいくしかないのだ。転んだ先の人生がどんなにつらくとも、どんなに悲しくとも、不幸にしがみ付くな。

しがみ付くなら、幸運にしがみ付け！

そう考えたら、すうっ、と気持ちが楽になった。重い荷物を背負って悲劇のヒロインなんて柄《がら》じゃない。かといって、皆を助ける正義感に満ちたヒーローも私の柄じゃない。

私はにっこりと微笑んで、ドアの取っ手に手をかけた。ラフレ姫が施《ほどこ》した結界とやらはどうやら不完全だったようで、簡単にドアが開く。

「ソラちゃん……！」

動けないなりに必死に首を横に振る店長。

「事務室にある荷物取ってくるから」

私がケンタにそう言うと、ケンタは不服そうだったが、ドアを開けたことに安心したからか、

「帰ったら、本当に殺すよ」と念を押してから頷いた。

甘いよ、ケンタ。事務室に行けば、そのまま私は帰れるのに。

そう思いながら、私はレジ奥に引っ込み、小さな鞄《かばん》を持って戻ってくる。

それが意外だったのだろう。ケンタ以外は皆、驚いた顔で私を見ていた。私がケンタを騙《だま》して、元の世界に戻るとでも思ったのだろうか。

「ソラちゃん……なんで……？」

悲痛ともとれる店長の呟きに、「あなたが好きだから」なんて涙ながらに言ったら、それって凄いラブロマンスじゃん。と思うけど……残念、私はそんなタマじゃない！

「ケンタぁ！」

「？」

これでも小学校時代は、野球少年団だった。まあ、それさえなくても、余程のノーコンでなければこれくらいの距離、行けるでしょう！　いや、行かなくてどうする!!

大きく振りかぶって精一杯投げたのは、防犯ボール。

破裂したら落ちない塗料ベッタベタのそれは、本来なら強盗などの足元に投げつけ、逃亡した犯人を見つけるためのものだ。だけど今はそんな場合じゃない。目に入ったらヤバイんじゃないかと思ったが、生憎《あいにく》私は、人を殺すほど血の上っている輩《やから》にそんなに優しくない。

まだ、肩がよく回る年齢でよかった。私が投げた防犯ボールは直線の軌跡を描く。

バシャッ！

見事ケンタの首元にボールが当たる。「うわっ」と声を上げてケンタが顔を覆った。その隙を狙い、私は叫ぶ。

「ボウちゃん！　あの子を捕まえて!!」

まさか防犯カメラ触手のボウちゃんに懐《なつ》かれたことが、こんなところで役に立つとは思わなかった。

防犯カメラから伸びた黒い触手が、コンビニから外へ出て、一気にケンタを拘束する。

「こっちにひっぱれ！」

私の声と共に、ケンタが勢いよくコンビニの中に引きずり込まれた。

ちゃらっちゃら、ちゃらちゃららん。

軽やかな入店音が店内に響く。

「はい、一名様、ご入店～」

「くそっ、何だよ、これ!!」

ケンタは必死であがくが、触手は外れない。さっき、コンビニの中までは木の根は来られないと言っていたので、中に入れてしまえばこっちのものだ。ケンタが顔を蛍光オレンジにした状態で、私を睨みつける。どうやら塗料は目に入らなかったらしい。良かった。

最初からこうすれば良かったんだよ。コンビニの中で取り押さえれば！

「くそ！　騙《だま》したな！」

「いや、あんたの方が悪いでしょ」

「あいつら、殺すぞ！」

「やろうとした瞬間に、私があんたを殺すよ？」

コンビニだってカッターぐらいは売っている。カッターのある棚の方を見れば、わずかにケンタの顔が強張《こわば》った。もちろん、口だけの脅迫だが。

立場が逆転したことで、少しだけケンタが冷静さを取り戻したのがありがたい。

「ねえ、取引しようよ」

しゃがみ込んで、簀巻《すま》き状態のケンタに問いかけた。ケンタは凄い形相で睨んでくるが、オレンジ色の塗料まみれの顔では、そんなに怖くない。

「ソラさんがプルナスシアに来るなら考える」

「あ、それは無理」

「!?」

私のキッパリとした拒絶に、ケンタは驚いた顔をする。

「仮に私がケンタと同じ世界に行ったとして、ケンタは責任取ってくれるの？」

「せ、責任……？」

「責任取って、嫁にしてくれんのかって聞いているの」

あ、顔が強張《こわば》った。凄い失礼だな、こいつ。もう一個ボールを投げつけてしまおうかと思ったが、ボールを見せた瞬間、ケンタの顔がさらに強張ったのでやめておく。

「お互いの傷を舐めあうんでしょ？　愛欲デロデロで私を満足させてくんなきゃ、行く気にもなれないんだけど。幸い、ケンタ、私の嫌いじゃない体だから許容範囲だし。お姉さんを満足させてくれるんでしょうね、その体で？」

触手で雁字搦《がんじがら》めになっているケンタの体を、舐めまわすように足から顔まで眺める。うん、まだ成長期だから白魚《しらうお》とまではいかないけれど、そこそこ細くて好《この》みではある。若いし、これからに期待できそうなんじゃないだろうか。

「ヒッ……！」

そんな私の視線に、ケンタはオレンジ色の顔を青ざめさせた。オレンジでよく分からないから多分、だけど。

「人ひとりの人生、狂わすんだから、それくらいの覚悟しておきなさいよ」

「っ……だったら……、だったら俺の人生、狂わされたのはどうすればいいんだよ！」

「それと私の人生は関係ない」

一刀両断。切り捨てたら、ケンタは途方《とほう》に暮れた顔で私を見上げる。私はそんなケンタに追い打ちをかける。

「ケンタが無理やり私をプルナスシアに引っ張れば、私が恨むのはプルナスシアの人間じゃない。ケンタ。あんた、ただ一人だよ」

くしゃり。ケンタの顔が泣きそうに歪《ゆが》む。

私、さらに酷いことをこいつに強《し》いているな、と思う。分かっているけど、それでも譲れないのはこっちも同じだ。

「私はこの世界には行かない」

今まで皆に言ってきたことを、私はケンタにもあえて言った。

「ずるい……ずるいよ、ソラさん。なんでソラさんだけ帰れるんだよぉっ……」

思春期の男の子が、そんな風に泣く姿を初めて見た。私が泣かせた。これでゾクゾクと快感が走ったら真正《しんせい》の変態だが、私の中には罪悪感しか湧かなかったから安心する。

「だから、ケンタ。取引しよう」

「……取引って？」

涙と塗料でぐしゃぐしゃの顔のまま、ケンタが私を見てくる。

「あんたの親でも友達でも、あんたが会いたい人を、私がこのコンビニに連れてくる。もし連れてこられなくても、どうにかして連絡が取れるようにしてあげる」

「――！」

それは発想の転換だ。二度と会えないと思うからつらい。自分の生きてきた環境と切り離されることがつらい。忘れてしまうことが、つらい。ならば――

「あんたが忘れていく記憶も、全部、全部、ノートに書いておこう。そしてここに取っておこう。忘れても大丈夫。そうだ、写真なんかもあんたの親から取り寄せるよ。忘れたことは、ここでまた覚え直せばいいじゃない」

確か、頭の怪我で記憶をなくした人は、自分のしたことを日記に書いたりしていると何かで読んだことがある。幸い、ケンタはこちらの世界に来てからのことは忘れない。それならば、一度吸い取られた記憶も、また覚え直せばいいのではないだろうか。

「なんか嘘くせぇ……」

ズズッ、と鼻をすすりながら、ケンタがぼやいた。私はそんな彼の塗料まみれの頭をポンポンと撫でるように叩いてやる。前に店長にやられた時、落ち着いたんだよね。

「うん、どこまでできるかは分かんない。結構、無理なこともあるかもしれない。記憶を失うケンタのつらさはどうしたって分かってあげられない」

ケンタが失ったものを、私が肩代わりすることは決してできない。私がプルナスシアに行ったところで、私がケンタを楽にできることなんて、一緒に悲しむことぐらいじゃないだろうか。

それなら、私は、私の〝地の利〟を活かした方法で力になる方がいいだろう。日本と繋《つな》がっていられることを、もっとしっかり利用すればいい。

「ケンタが二度と帰れなくても寂しくないように、一緒に考えるから」

それくらいなら、私にだってできるんだ。人間は考える葦《あし》だと言った哲学者は誰だっただろう。ずっと、考えていれば、たとえ、最初思い描いた答えでなくても、きっと満足のいく答えを出せるはずなのだ。いや、出さなくちゃならない。

「ソラさん……ずりぃ。そうやって、絶対俺を騙《だま》すんだろ？」

「騙さないよ。少なくとも、ケンタのことを一人には絶対しない。それに日本と繋がっている私がいた方が、少しはいいんじゃないの？　まあ、プルナスシアで毎日毎晩、私のこと満足させてくれるって言うんなら、それでもいいんですが」

「青少年保護育成条例で捕まっちまえ！」

「プルナスシアにそんなのないでしょ」

私がすかさず返すと、先ほどまで激情に駆られていたケンタは、まるでストンと憑《つ》き物《もの》でも落ちたみたいな顔で私を見た。

それから、くしゃくしゃの顔をさらに歪《ゆが》めて、下手くそな笑顔を私に向けた。泣きたいような、笑いたいような、複雑なケンタの顔。

それに気づきながらも私も笑い返す。

「ふふふ」

「ははは」

二人して乾いた声で笑いあう。

それでおしまい。

激情は、綺麗に流された。

「ソラさん、この触手外してよ。ぬるぬるしてて、凄い変態臭い」

ケンタが顔を顰《しか》めながら言ったので、私は笑いながらボウちゃんにお願いして外してもらう。

立ち上がったケンタは、目元を赤くして顔はオレンジ色というおかしな状態だったけど、先ほどの狂気じみた様子はかけらもない。

「本当に、本当に、俺の両親連れてきてくれる？」

「とりあえず店長に相談してみるけど、必ず連絡取れるようにする」

ケンタの住んでいた場所が分からないし、不安要素はあるが、無理でしたなんて絶対言わない。

そんな不条理、蹴散らしてみせる。

「とりあえず、あそこで何の役にも立ってない面々をなんとかしてくれる？」

コンビニの外を指させば、ケンタは青ざめて私に聞いてくる。

「許してくれるかな……？」

確かに。ラフレ姫の背中に傷は負わせるし、王子は大火傷《おおやけど》だ。

「あー、謝ればなんとかなるよ。ラフレ姫は、ちょっと分かんないけど」

「うわ……、それ困るよぉ」

「自分でやったことだもん。自分で責任取りなさい」

そう言って、私はケンタの背中をトン、と押す。

ちゃらっちゃら、ちゃらちゃらららん。

軽快な退店音を立ててケンタは外へ出ていった。皆がとても困惑した顔で私たちを見ている。やがてスルスルと木の根が取れて、皆が自由になった。

「ケンタ！　ごめんなさい、ケンタ！」

ラフレ姫が背中を血まみれにしながらも、ケンタに抱き付いた。体を張った王子は可哀想すぎるけど、今は仕方ないよね。

「ソラちゃんっ！」

店長が勢いよく店の中に飛び込んできて、ガバッと私に飛びついてくる。ちゃら……って入店音が途中で聞こえなくなるほどホールドされて、私はグフッと軽く地獄を見た。やだ、ピンクの貫頭《かんとう》衣《い》、フローラル系のいい匂いがするんだけど。ある意味、微妙。

「ちょ、離してよ――！」

「ソラちゃん、ソラちゃん、ソラちゃん……！」

何度も、何度も、何度も、名前を呼ばれた。確かめるように名前を呼ばれて、抱きしめられて、ヤバイ、どうにかなりそう。

私は恐る恐る、店長の背中に手を回し、キュッ、とローブを掴んだ。それに気づいたのだろう、店長はグンッと私を抱き上げる。

「ひゃっ！」

脇の下に手を入れて子供みたいに抱き上げられたと思ったら、目の前には超至近距離の店長の顔があった。

「☆×●□――!!」

思わず目をつぶって肩を竦《すく》めると、ふわっ、と頬に、私より硬い皮膚の感触。

良かった、キスじゃなかった……と思ったけど、それでも頬擦《ほおず》りって、かなり恥ずかしいんですけど！　これだから、異世界人は！　これだから、異世界人は！

「おーい、ソラが茹《ゆ》でダコだぞ」

ジグさんがバシバシと店長を叩くけど、店長は私を放してくれない。ヤメテ、何、この公開羞恥《しゅうち》プレイ。悶《もだ》え死ぬ……！

「ソラちゃん……ソラちゃん……」

耳元で囁《ささや》くな！　ゾクゾクするわっ！

ポカポカと必死で店長の頭を叩くが、店長は放してくれない。どうしよう、このままカウンターに押し倒されたら。私、初めてがそんなプレイなんて勘弁なんだけど。

悠長にも、そんなことを考えていた私だったが、でも、事態はここで大団円《だいだんえん》――って丸く収まるわけじゃなかった。

「ケンタ！」

ラフレ姫の、先ほどとは違う、切羽詰まった叫び声。

何で今、そんな声？

私も、店長も、ジグさんも、慌ててそちらに目をやる。すると、今度はケンタが世界樹の木の根に拘束されていた。

「え――、何で？」

「っ……世界樹が暴走した……」

店長の声に、ジグさんが急いで剣を構え、ご丁寧にもコンビニのドアを閉めながら、ケンタのもとへ走っていく。とことん、彼の職務はここの警備らしい。

「何？　何がどうしたの⁉」

世界樹はズルズルとケンタを地中に引きずり込もうとしている。さっきまで敵同士みたいなものだったのに、王子やジーストさんたちが、必死でケンタを掴んでいた。

「暴走って……、何⁉」

抱き上げられたまま、店長に掴みかかれば、店長は焦りを顔に浮かべつつも言う。

「ケンタの〝嘆き〟が、世界樹まで届いたんだ。世界樹はケンタの〝嘆き〟に反応して、ケンタを引きずり込もうとしている」

「は……？　〝嘆き〟？」

「日本に帰りたいって気持ちが強くなりすぎたんだ」

いやいや、そんなの強く思う方が当たり前じゃないか。そう思ったが、店長は首を横に振る。

「ただの言葉や感情ではあるけれど、世界樹はそれに一番敏感なんだ。だから、こちらの世界に来た日本人は真っ先にそのことを話され、禁じられる。多少の感情の揺れはあれど、なるべく〝嘆き〟を生じないようにと、きつく言い渡されるんだ」

「はあ？　私、そんなこと聞いてないよ？」

そんな重要なことなら、私だって聞いておくべきだろう。私を抱きしめたままの店長の肩をガッと掴んだが、店長が一瞬言葉に詰まったのを見て、何故私には言わなかったのかを悟る。

私が〝巫女〟だからだ。この〝場〟に守られた巫女だから、あえて言わなかったのだ。

「でも、もうケンタも落ち着いているじゃない……」

店長は首を横に振る。

「根から伝達された感情が、遅れて届いたんだ。その可能性もあったから、彼をこのコンビニの外へ出した。いくら結界が施《ほどこ》されていても、コンビニごと世界樹に呑み込まれたらどうなるか俺にも分からないから――」

パチンッ。

「さいってい……！」

私は店長の頬を引っぱたいていた。

道理でコンビニで説得しなかったはずだ。コンビニ内の方がケンタも力を出せないのに、何故外へ出したのかと不思議に思っていたけれど、こういうことか。

「でも、認証の儀とやらをしたら取り込まれないって――それは違うの？」

「違くない。だけど世界樹は〝嘆き〟にだけは強く反応してしまうんだ」

何だ、その死亡フラグ。

どんだけ異世界人に死亡フラグ立たせるんだ、この世界は――！

私は必死で店長の腕の中で暴れるが、なかなか放してくれない。

「放して……！　ケンタが……！　ケンタがっ！」

「ダメだ！　君は元の世界に戻す！」

強引に店長が私を店の奥に連れていこうとする。最悪だ。さっき一瞬、惚れ直したが、一気に評価が地まで落ちる。

「ケンタ、どうすんのよ！」

「俺たちで何とかする！」

「嘘つき！　だってさっき、何もできなかったじゃん！」

世界樹、最強すぎ。皆が全く立ち向かえなかったのを、嫌というほど見たのに。何かできるとは、到底思えない。

「さっき、約束したのに！　ケンタの親と連絡取るって。ケンタと日本を繋《つな》いであげるって――！」

そう叫んだ瞬間、ピタリ、と世界樹の根が動きを止めた。そして、何かを探すようにその先端がこちらを向く。

(何……？)

世界樹の根は何かを探しているようだった。

もしかしなくても、あれは、人の激情に敏感なのだろうか。ケンタや私といった異世界人の強い感情に。

さっき、私は何を言った？　何を思った？

「ソラちゃん、何も考えないで――！」

店長の焦った声。その声を聞きながらも、私はナシカさんが言ったことを思い出す。

『召喚された人々は、突然のことに驚き、戸惑いました。そして、二度と自分たちの国に戻れないことを知った時、大いに嘆いたのです。その嘆きに世界樹が共鳴し、世界樹は召喚人たちを、国ごとその根の中に取り込みました』

〝嘆き〟って何だ？　何を、嘆いた？

ケンタハ　ナニヲ　カナシンダ
そもそも、世界樹って、何で異世界人を取り込みたがるの？

セカイジュハ　ナニヲ　ホシガル
何故、記憶がなくなるの？

イセカイジンノ　キオク　トハ

召喚された五十人ってどこの国の人？

テンチョウノオカアサン　ケンタ　ワタシ
子供達は助かった。何で助かった？

トリコムベキ　モノガ　スクナカッタ
巫女はどうして私だった？　誰でも良かった？　どこの国の人でも？

アイタイ　サミシイ　カンジテイタイ
繋《つな》がっていたいって、どうして繋がりたいの？

ケンタの記憶はどうしてなくなっていくの？

世界樹はどうしてそんなものを欲しがるの？

神官って、どうして日本語を話せるの？

「世界樹って何……？」

「ソラちゃん、お願いだから君は考えちゃ駄目だ！」

店長の必死に縋《すが》る声は、今の私の耳には届かない。頭の中で色んな情報が目まぐるしく飛び交っているからだ。

ふと、視界に黄色いものが入る。足元に、先ほど王子が放り投げたのだろうカレーまんが放置されていた。中身を表す黄色の饅頭《まんじゅう》。世界樹にあやかって――

「ソラちゃん！」

目前で叫ぶ店長の貫頭衣《かんとうい》は淡く薄いピンク色。

ピンクの貫頭衣？　世界樹を崇《あが》める神殿の神官だけが纏《まと》う色？

コンビニの中を見回す。日本から持ち込まれた品物がたくさん並ぶ。だけどその逆はできないと店長は言った。プルナスシアから日本に物を持ち帰ることはできないと。

つまり、日本の物はプルナスシアに持ち込めるのだ。

ココハ　ヒトダケガ　ショウカンサレタ　セカイ　ナノカ
どうして、世界樹は〝嘆き〟に共鳴するのか？

望郷とは、誰の望郷だったのか――？

忙《せわ》しなく動く頭の中で、私は店長の首根っこをグッと掴む。

「ねえ、店長。さっき、日本人って言ったでしょ？」

自分でも信じられないくらい、冷静な声で、私は店長に問う。店長が驚きを顔に表す。動揺していたから、つい言ってしまったのだろう。私も動揺していたけれど、その辺は聞いていたんだよね。

パズルのピースは埋まっていく。日本人。日本。

ホシイノハ　〝日本人〟　ノ　キオク
「ピンクのローブに、春祭り、ね」

カチリと埋まれば、もう、答えは見える。

「このコンビニって、世界樹に取り込まれたら絶対もたない？」

店長は私をギュッと抱きしめながら、言葉を返してくる。

「前例がない。分からない、としか言えない」

「じゃあ、私が考えていること、分かる？」

「ソラちゃん……」

店長は一瞬、顔を強張《こわば》らせたが、私の意図を察してくれたらしい。、またギュッと強く私を抱き寄せてくれた。それだけで安心してしまう私は、本当に単純だ。

でも、それだけで、私はもっと強くなれる。

頑張れる。

確実に引きずられたら死ぬケンタと、箱に守られている私と。

選ぶもがな、でしょうが！

「世界樹さんっ、いらっしゃいませ‼」

私は震える手で、しっかりと店長の首にしがみ付く。店長は諦めたように、でも決して私を放さない勢いで、私を強く抱きしめる。こういう時、大きな体っていいんじゃないか、と、少しだけど思った。

もしかしたら違うかもしれない――と一瞬過《よぎ》った不安は、今にも地中に呑まれそうなケンタを見て掻き消える。

これでケンタが助かるなら、私はいくらだって〝想う〟だろう。嘆きなんて、覆《くつがえ》すほどの記憶を。

ありったけの想いと願いをこめて、私は思うのだ。

世界樹が欲しかったものを。

世界樹が見たかったものを。

世界樹が召喚された人間から奪ってまで欲しがったものを。

世界樹と呼ばれる前に、その木が持っていた世界の記憶を――

人間が喚《よ》べるのなら、きっと、木だって喚べたのだろう。

そんな木が、私たちと同じように元の世界を恋しがるのだって、きっと異世界ならあり得るんでしょうよ。

だからこそ、欲しがる。だからこそ、奪う。

自分には、もう二度と手に入らないものだから――


入学式。

卒業式。

花見。

春祭り。

楽しい思い出は、いっぱいある。それこそケンタより生きていた分、私にはたくさんの記憶がある。その思い出なら、他のどんな季節よりも色鮮やかに思い出せるだろう――

【桜】と呼ばれる木の思い出を。


ガバリ。

まるで波のように、黒茶けた木の根とも言えない大きな何かがコンビニを覆った。

14　コンビニ活用法

その世界の始まりがいつだったのか、人々は多くを知らない。語らないと言うべきか。ただ、すでに【世界樹】というものが存在し、人々はそれを神のように崇《あが》めていた。

世界樹に、人のような意思があると気づいたのは、異世界の男を召喚した時。世界樹の意思を汲み取った神官が、初めて異世界との道を繋《つな》げたのだ。

奇妙な髪型をした異世界人は、神官の衣《ころも》のような裾の長い衣に身を包み、世界樹を見上げながら、世界樹ではない名前を呟いた。

それから幾人《いくにん》もの異世界人を召喚し、やがて彼らとの間に生まれた子供だけが異世界人の住む世界へ行けることを知った。その時、人々は初めて世界樹のルーツを知る。

世界樹にはほど遠い大きさではあるが、春には満開の花を咲かせる【桜】という木が、その異世界で唯一召喚できる人々の国、【日本】に存在することを。

世界樹はいつも求めていた。自分のルーツを。自分の元いた場所の記憶を。自分の世界を――二度と帰れないその場所を、何年も、何百年も、何千年も、求め続けていた。

やがて、その影響で木が病《や》んでいく。病んだ木の根には魔物が巣食いはじめ、この世界は危機的状況に陥《おちい》った。

それを救済するために日本人を召喚しても、世界樹はすぐにその召喚人の記憶を吸収してしまう。だからといって大量の日本人の召喚を行えば、彼らの帰りたいという〝嘆き〟によって世界樹が暴走し、国が滅びかねない。

窮地《きゅうち》を救ったのは、日本人とこの世界の人間の、ハーフの子だった。

彼らは、〝場〟ごと、日本を召喚した。それは本当に小さな範囲ではあったけれど、そうすることによって、世界樹は常に安定できるようになる。

日本ではないけれど、日本と繋がっていて、日本人もいる──その状況が世界樹を落ち着かせたらしい。

以来、この世界では、〝場〟と〝日本人〟をセットで召喚することになる。

とはいえ、それでもうまくいかないことが多々起こった。それらを教訓にして召喚にあたって決められたルールは、

1　退屈しない〝場〟であること（一定時間、拘束可能な場所であること）。

2　女性であること（男性は桜と相性が合わない人が多かったため）。

3　感情の起伏があまりなく、常に安定した状態でいられる、健全な精神の持ち主であること。

──という、簡単に揃うようでいて、実は難しいものだった。

だから、一度巫女がその〝場〟に居ついてくれればひとまず安心なのだが、個人の都合で──た

とえば出産や結婚などという理由で辞めてしまうと、次の巫女を選ぶまで時間がかかった。

「特に今回は、三年前に前任の巫女が旦那さんの海外勤務についていくことを理由に辞めてから、巫女が短期間居ることはあっても、居つくことがなかったから……」

「あー、海外じゃどうしようもないよね」

あくまで世界樹がこだわっているのは日本なので、世界を繋《つな》げられる地域も日本限定なのだと言う。海外勤務にはファンファレマートもついていけなかったそうだ。というか、薄々気づいていたが、やはりファンファレマートはプルナスシアと深く関係していた。会社の上層部にハーフの人がいるとのこと。道理で、水道代やら商品の搬入やらがスムーズだったわけだ。

「だけど、コンビニ店員を巫女にするだなんて、よく思いつくね」

「異世界に憧《あこが》れる人はいても、何も見られない、干渉できないって状態で、ただ〝場〟にいるだけってのは難しいから」

「あー、それは分かるかも。居るだけなんて言われたらおかしくなりそう」

「だから、何人かハーフの人間が日本で暮らして、巫女になれるような人間を見極めているんだ。俺もその一人だったんだけど、この前、ついに俺にも声がかかってソラちゃんを選んだってワケ」

「そうですか。そんな裏がありましたか……」

皆さん、シリアスシーンからこんにちは。藤森奏楽二十三歳、知らないうちに、バイト店員兼異世界の巫女というよく分からない職業が付加されていました。

手っ取り早く、現況説明すると、現在、道管《どうかん》なう。

道管とは、根から吸収した水分や養分を葉に送る管のことだ。

世界樹に呑み込まれた瞬間、あわや吸収か——と思ったら、行き着いた先は道管の中だった。コンビニひとつ呑み込めてしまう道管の大きさって……まあ、大陸中に走る木の根というのだから、それもあり得るのだろう。

いっそのこと、裏口から元の世界に帰れないのかと考えたが、今このコンビニと元の世界はギリギリ繋がっている不安定な状態なので、開けたらコンビニが崩壊する可能性が高いらしい。

それでも現状を保っているのは、コンビニが四角という、安定した形をしているため、世界樹の影響を受けにくいからだという。凄いなコンビニ、異世界でも万能だ。

あとはこのコンビニが、道管の行き着く先——つまり幹《みき》まで何事もなく辿り着けば、吸収できなかったコンビニは、幹から排出される……かもしれない。

「管車《かんしゃ》が走るくらいだから、幹までたどり着くことはできると思う」

とは店長の言《げん》。管車とは、ケンタが言っていた道管の中を走る電車のことだ。線路要らずで便利だなと思ったが、日本では絶対活用できない技術だとも思った。まあ、今、そんなこと考えている場合ではないかもしれないが。

で、だ。ここまでが現況説明。

続いて、状態説明。

一人じゃないって心強い。それに店長から色々話を聞き、そこまで危機的状況ではないと分かったので、ホッとしてもいる。

だけど、でも……

どうしてこうなった。

今、とんでもないことに店長はレジカウンターに寄りかかり、私を熊のぬいぐるみよろしく抱きしめていた。背中に感じる店長の温《ぬく》もりが暑苦しい。

一応、これでも「放せ」と「話せ」、両方命じたのだが、何故か片方しか受け入れられなかった。

……おかしい。どこで溺愛フラグが立った。

世界樹に呑み込まれた先はサバイバルパートではないのか。恋愛パートだなんて、私は聞いていない。

「……ところで桜って、そんなに昔からある植物じゃないよね？」

店長の腕の中で何度目かの脱出を試みながらそう問えば、さらにガシリとホールドを強くした店長が答えてくれる。

「うーん……世界樹がいつの時代の桜なのか、俺たちにも分からない。召喚する人間だって、今はソラちゃんたちの時代の人間だけど、古い時代の時もあるんだ」

「え？　ずっと繋《つな》がってきたわけではないの？」

「詳しくは言えないけれど、繋がっている間は同じ時代。だけど、百年単位で日本側の時代が切り替わる。世界樹がそうしているんだ。ただ、前回接続が変わったのは十年前だから、俺が生きている間はずっとソラちゃんの生きている時代と繋がっている」

なんかＳＦチックな話だ。

「じゃあ、私が生きているこの時代より未来の日本と繋がっていた時もあるの？」

「かもね。だけど、それを互いに教えあうことは禁じられているんだ。未来の事を先に知ったりしたら、おかしくなっちゃうだろう？　それに日本からこちらに来た人たちは皆記憶がなくなっちゃうしね」

何だかうまくできているものだ。プルナスシアに来てしまった日本人には、本当に災難以外の何ものでもないが。

「だが、話しながら髪を触るな」

「何で？　気持ちいいから触っていたい」

私の短い髪を右手で梳《す》くのはやめていただきたい。背筋がゾクゾクする。もう一度言う。店長、どこで溺愛フラグ立ったんですか。全く、覚えがないんですけど。

このまま妙な雰囲気に流されまいと、疑問に思ったことを尋ねてみることにする。

「何で世界樹が桜だって言わなかったの？　あと、どうして私が巫女だってことも」

勝手に巫女になっていたなんて、ちょっと考えれば酷い話だと思ったのだが、次の店長の言葉で何となく納得してしまう。

「一度、世界樹が桜だと知った巫女が、使命感で毎日桜のこと考えすぎて、世界樹に呑まれた」

「え、それって場ごと？」

「そう、場ごと」

「どうなったの？」

「その時の場は、こんな建物じゃなくて、ただ地面に敷物をしいただけだったから、当然、世界樹にから遮《さえぎ》るものもなくて――吸収されて、死んだ」

うぉう……、コンビニあって良かった。それなりに巫女とやらの扱いがしっかりしてからこの世界に来て良かった。

「こんな風に、建物ごと呑まれたっていうのは……」

「ん、さっきも言ったように初めて。なるべく巫女は動揺させないように、普段通りの生活を送ってもらっていたし」

「だから、私が巫女ってことも言わなかったんだ……」

欲しかったのは普段通りに生活できる人。使命感やら、責任感なんて必要ない。

それならば、一バイト店員だと思っていた私は、丁度よかったことだろう。

「追々《おいおい》、巫女についていては話していくつもりだったんだ。春になれば世界樹の花びらが舞い散って分かっちゃうしね。だけど、スクラント国が勝手に日本人の少年を召喚してしまって、最悪なことにソラちゃんと会わせてしまったから……」

「あー……」

あのケンタとの最初の出会いは、本当によくないタイミングだったのだろう。もし、あれが中央神殿に行ったあとであれば、店長たちは何としても私とケンタを会わせないように画策したはずだ。

でも、そうする前に、ケンタは私のいるコンビニを見つけてしまった。

今更、あの店にはもう二度と行けません――と怪しまれることを言うわけにもいかず、神殿内ではかなり揉めたのだ……と店長は私の首筋に顔を埋《うず》めながら言った。

……くすぐったいんですけど。

一生懸命、店長の顔を手で押しのけようとしたら、その手にちゅ、とキスされた。私は、あばばば……とわけの分からない声を上げて固まってしまう。

店長がそんな私を見て、ふっと笑い、ぎゅうって私を抱きしめてくる。怖いからってわけではなく、私がどこかに行かないようにしがみ付いている感が強い。それは分かるんだけど……、あ～～、う～～……

「わ、私、喉渇《のどかわ》いた」

「ん」

離してもらおうとそう言えば、ヒョイと店長は私を持ち上げ、その太い片腕に座らせる形で店の奥にあるドリンクコーナーへと向かう。

「お、おろ、降ろしてよ！」

「駄目。世界樹が奪いに来たらヤダ」

「来ないって分かったでしょうが！」

「でも、触れてないと心配だから、駄目」

とどめに私の手の甲にキスをして、店長は私に蕩《とろ》けるような笑顔を見せた。

異世界人、怖い。大人、怖い。処女に積極的に溺愛行為って、こちらの心臓発作でも狙っているのか。もう、やめて。ソラのＨＰ《ヒットポイント》は０よ――って言っても通じないんだろうな。うん、通じないどころか、0だって言っているのにさらに吸収されそうで怖い。

「はい、ソラちゃん」

ストン、とドリンクコーナーの前に降ろされた。

「緊急時措置だから、タダでいいよ」

と言いながら、店長は私の肩を抱く手を外さない。それに抗議する余力は私にはもうない。無理無理無理。溺愛パート、早く終われとしか念じられない私は、とりあえず無難なお茶を選んで飲む。

「食料もあるし、トイレもあるから、一ヶ月くらいは持つかな」

そんなにかかるのか？　とギョッとしたが、何分《なにぶん》、初めてのことなので、本当にどうなるのか分からないらしい。ちなみに、道管の中は魔力が流れているらしく、そのお陰で水道は生きている。

こうなると、食料があるって心強いなって思う。そういえば、コンビニは災害時に食料を提供するんだったっけ。

「コンビニで良かった……デスネ」

店長がいなければ……という言葉は呑み込みました。危機管理能力はあるはず、私。今、余計なことは言うべきではない、と私の中の警報が、最大警戒で警告している。

さっきと同じように抱きしめられた状態で、それでも平常心を装《よそお》いながら店長に話し掛けると、

「うん、良かった」

と店長に返された。

そうしてまたギュウッと強く抱きしめられる。

何か耳元ではぁはぁしてるの……気のせいだよね？

気のせいだよね――⁉

無事に生還できる前に、私は別の心配もしなくてはならないのだろうか。

「ソラちゃん……」

「……はい」

「こんな時に言うのもなんなんですが――」

いや、言わなくていいです。そういう選択肢はないのですか？　ないのですか、そうですか。

「ソラちゃんのこと、好きだよ」

ちゅ、って、うなじに何か触れた。何かじゃねえよ！　唇だよ！　何なの？　何で今発情してるの、この男！　種の保存本能か？　本能強すぎだろうが！

言われたことと、されたことに、「ギャッ！」と変な悲鳴を上げ、手に持ったペットボトルのお茶を零《こぼ》す勢いで暴れる。だが、店長のガッシリした手にホールドされて動けない。やだ、この筋肉。

「あんた、そんなキャラだったか！」

「うん、箍《たが》が外れた」

「一生外すな！　一生外すな！」

「無理。ソラちゃんがケンタをコンビニに連れ込んだ時から、外れてたから」

何だそれ。私がケンタと浮気したみたいな言い方はやめてほしい。ふて腐れた声色で、私の行動が店長の何かを振り切ったと言うが――

過去の私、やったことは間違っていなかった。

おかしいのは、店長だ。

「本当……物事に動じない子だとは思ったけど、あんなに次々とやらかす子だとは思わなかった」

「見くびらないでいただきたい」

「お姉さんの出産の時はあんなに可愛かったのに……」

「それとこれとは話が別！」

それでもお姉ちゃんの出産の時だって、自分にできることを一生懸命考えて動いたのだ。やれることはしたに違いない。

「可愛かったり、強かったり、弱かったり――色々見せられて、落ちない男はいないでしょう」

これも一種のギャップ萌《も》えなのか？　いや、違う。吊り橋効果か？

私はあうあうと口を開いたり閉じたりしつつ、テンパった頭で、テンパったことを言ってしまう。

「店長は、私の好《この》みじゃないんです――！」

私の中で、一生の不覚。あれほど、地雷踏まないように気をつけていたのに。

気づけばクルリと体をひっくり返され、カウンターに押し倒されていた。上から店長が見下ろしてくる。お茶のペットボトルは床に転がり落ちた。ちょっと意地悪そうな顔をした店長が、私を見つめる。

「好みと好きって違うって言わない？　草食系が好みって分かっているけど、肉食系もいいと思わない？」

思わねえよ！　全くな！　とは、言えなかった。

すんません、大人の男、舐めてました。

マジですんません。

「ソラちゃん、いい？」

「何がいいんだ、このボケ――！」

段階を踏め！　勝手に発情するな！

次の瞬間、私は生存本能に従って叫んだ。このコンビニだからこそ利用できる、最大の防衛機能を頼るため――

「助けて、ボウちゃん！」

「げっ！」

その時の引きつった店長の顔は一生忘れないだろう。なかなかいい顔だった。

※　※　※

長く続くかと思われたコンビニの大冒険は、意外や意外、その日の夕方には終わってしまった。

ドッスーン！

もの凄い音と共に、コンビニは見たこともない場所に放り出された。樹の根の中でないことは、周囲の様子で分かった。

おお、人がいる。人がいるよ！

コンビニの周囲を、ピンクローブの人たちがウロウロと取り囲んでいる。その姿を見て、私は感動した。良かった、吸収されないでちゃんと外に出られたのだ。

ちゃらっちゃら、ちゃらちゃらららん。

なんだかホッとする、入店音。というか、まだ電気通じていたのか、コンビニ。そのことにビックリしたが、きっと蓄電池ごと運ばれてきたのだろう。

現れたのはピンク色のローブを着た細身の男性だった。あれ？　この人、どこかで見たことある……っていうか、店長の後釜《あとがま》でコンビニに入ったあの新人代理店長じゃないか！

「……」

私と、発情店長と、新人代理店長の間に、長い沈黙が落ちる。

「レ、レン、た、助けて」

レンと呼ばれた男の人は、ボウちゃんにグルグルと簀《す》巻《ま》きにされて転がされている店長を一瞥《いちべつ》したあと、私を見る。

「大丈夫でしたか？」

「ええ、ちょっと襲われそうになりましたが大丈夫です」

気遣いの言葉にそう返したら、レンさんが絶対零度《れいど》の視線を店長に落とす。

「ちょ、待って、ソラちゃん！　俺、襲ってな――いや、襲おうとしたけどそれは合意っていうか……！」

「誰が合意だ！　この変態スケベ店長！」

はい、店長にスケベ追加ハイリマース。

ちゃらっちゃら、ちゃらちゃらちゃららん。

「よぉ、お前らなら大丈夫だと思ったぜ」

ジグさんがニタニタしながら入ってくる。とてもいい笑顔なのは店長を見ているからだ。ああ、簀巻《すま》きにされた店長が外から丸見えでしたものね。

「ジグ！　レンが誤解してるんだ！」

変態スケベ店長は必死だ。

「んあ？　どうせ、二人っきりをいいことに盛《さか》りついちまったんだろうが、この馬鹿が」

ゴンッと簀巻きの店長を容赦なく蹴飛ばすジグさん。さすが旧友。言わなくても何が起こったかお見通しだったらしい。

「ソラさんっ！」

ちゃらっちゃら、ちゃらちゃらちゃららん。

次いで駆け込んできたのは、つい数時間前に別れたケンタやラフレ姫、それに包帯ぐるぐる巻きの王子と、お供のジーストさんにナシカさんだった。おお、フルメンバー。

「ソラさんっ、ごめん、俺のせいで！」

涙ぐんだケンタは、とても申し訳なさそうな顔で私を見ているので、私はチョイチョイとケンタに手を上げるように促《うなが》す。ケンタが戸惑いつつも手を上げたところで、パシン！

勢いよくその手に自分の手を合わせて言う。

「私たち、同郷仲間でしょ！」

「えっ、アニメの最終パートみたいにいい感じに終わらそうとしているけれど、待って、俺、このままなの⁉」

叫ぶ変態スケベ店長。このままボウちゃんに食べられてしまえばいいのに、と内心思う。

「内心思ってないから！　聞こえているから！」

足元でギャンギャン喚《わめ》く店長を無視して、私は他のメンバーに目を向ける。

「ラフレ姫、背中大丈夫？」

「ええ、大丈夫です。私たちがケンタにもっと寄り添ってあげなければならなかったのに――本当に色々とすみません」

さすがお姫様。責任を感じているお言葉に、ケンタが凄く申し訳なさそうだ。でも良かったね、ケンタ。君の周りには君のことを心から思ってくれる人がいるってことだ。

「あんな軟弱な精神ではこれからが思いやられる。ケンタ、しばらく余の国で騎士道を学ぶがいい」

王子が堂々とそんなことを言った。互いの言葉が通じるってことは、まだ〝場〟が正常に機能しているからか。

私は皆を見たあと、レンさんに確認する。

「えっと、レン……さん、私、まだ日本に帰れますか？」

私の確認の言葉に、レンさんは周囲を見回してから事務室へと入っていった。そして少ししてから戻ってきた彼は、私に向かって深く頷く。

「一時《いっとき》、ケンタに共鳴して荒れていた世界樹ですが、ソラさんたちを〝場〟ごと取り込んだことにより、落ち着きました。今、〝場〟の方に損傷がないか確認しましたが、異常はありませんでした。裏口のドアも確認しましたが、あちらと繋《つな》がっています。ですから日本に帰れるでしょう」

レンさんの言葉にホッとする。でも同時に、ケンタに申し訳なくも思った。ケンタの方を見ると、ケンタはニカッと快活に笑ってくれる。

「俺の親のこと、よろしくね」

その一言に、託されたと感じた。そうだね、日本に帰ってケンタの親を探して連れてこなくちゃ。

「今日は疲れたでしょうから、日本に戻ってゆっくり休んでください。〝場〟の状態をこちらで確認しておきますから」

そう言ってくれるレンさんに、私は恐る恐る尋ねてみた。

「また私、ここでバイト、続けられますか？」

懸案事項は全て片付いている。ケンタとだって上手くやっていける。足元の変態スケベに関しては、まあ追々《おいおい》、ゆっくり進展すべき項目だろう。

するとレンさんは店長の代わりに力強く頷いてくれる。

「ええ。これからも〝巫女〟として、どうぞよろしくお願いします」

その一言に、凄く安心してしまった。

一通り、皆と挨拶《あいさつ》を交わしたあと、私は裏口から外に出た。すでに暗くなったその場所は、見慣れた日本のコンビニ裏で、今朝来たばかりなのに、随分離れていたような気がした。

「あれ、ソラさん、どうしたんですか？」

カチャリと裏口のドアが開いて、シフト上がりだったらしいミカちゃんが出てくる。

「ただいま、ミカちゃん」

「は？　えっと、おかえり、なさい？」

キョトンとした顔のミカちゃんに、私は無駄に高いテンションでもう一度、

「ただいま！」

と言った。


だから、その同時刻――

「アレイ、お前はどれだけ私たちが心配したと思っているんだ」

「レン、そ、それよりこの簀巻《すま》きの触手を外してぇぇぇ！」

「お前は冷え切るまでそこで反省していろ」

「レン――！」

私のいない異世界コンビニで、店長とレンさんがそんな会話を繰り広げていたことなんて、当然知る由《よし》もない。

※　※　※

ちゃらっちゃら、ちゃらちゃららん。

軽やかな入店音。

「いらっしゃいませ〜！」

軽やかな声。

ここはファンファレマート、プルナスシア中央神殿駅前店。そう、店舗ごと移動してきました。こんな異動、聞いたことないんですが。

「よう、ソラ、今日も大盛況だな！」

神殿護衛騎士のジグさんが、今日も元気にご来店。だけど、私は品出しに忙しい。出しても出しても足らないんですけど！

「お、新作出たのか？」

「新作、うにチョコアナゴ。もう、おにぎりの開発係出て来いや——と思わずにはいられない」

「そうか？　なんだかうまそうだけどな」

変わらずコンビニを守ってくれているジグさんは、ご機嫌で今日の昼ご飯を買っていく。中央神殿駅前にコンビニが移って、ジグさんは森の中まで警備に行かなくてよくなったことで、あまり買いだめをしなくなった。ただし、毎日おにぎり生活であることに変わりはなく、たまにはサンドイッチでも買えばいいのにと思わなくもない。

「そういや、アレイの奴、もうすぐ帰ってくるらしいぞ」

「え、いらない。帰ってこないで」

この店の店長兼一号神官の店長は、今は神官のお仕事で一週間ほど僻地《へきち》へ行っている。多分、コンビニの中でいかがわしい行為をしようとしたからだと思う。実は代理店長でもあったレンさん、○号神官という役職らしかった。○号っていうのは、一号より上なんだって。

レンさんは、コンビニが世界樹に呑み込まれたという連絡をラフレ姫から受けたあと、中央神殿駅を立ち入り禁止にして、私たちが出てくるのを待っていてくれたらしい。

心配してくれてたんだとは思う。店長より少し若いようだが、ジグさんや店長とは旧知の仲らしいし、さぞかし肝《きも》が冷えたことだろう。

なのに、慌てて入った店内で見たのが、簀巻《すま》き店長なんて、誰が想像するでしょうか。

あんなところで発情するなんて、本当にあの店長はどこかおかしい。

良かった――初体験があんなところでなくて……

そんなこんなで、コンビニは中央神殿駅前に改めて設置され、私はそこのバイト店員兼巫女となった。

そして、罰として地方巡業中の店長も、戻ってきたらここと、あと日本の店長にも再就任するらしい。全てレンさんの采配《さいはい》だ。

中央神殿駅前というだけあって、今までの森の中とは雲泥《うんでい》の差で、客が多い。今までは私に巫女の役割とか内緒にしていた状態だったから、あんな滅多に人の来ない場所だったけれど、今は全てを知ったのでここでの営業もＯＫらしい。

というか、巫女が本職なら、こうしてコンビニ店員する必要って？　と思わなくもないが、一日中、四角い箱の中でぼーっとするよりは、働いていた方が楽しいし、飽きないからいいんだけど。

世界樹の方も、より近くに私がいるせいか最近はますます安定して、木の根に魔物が巣食うこともなくなったらしい。私はコンビニから出られないし、世界樹だって私をコンビニから出そうとはしないから、外の様子がどう変わったのかは分からない。けれど、それでも傍にあるってことが大事なんだな、と思う。

まるで世界樹と私って熟年夫婦みたいだと言ったら、店長にもの凄く面白くないって顔をされた。いやだ、店長の嫉妬なんて求めてなかった——！

「ソラさーん！　ちょっと助けてぇ！」

「はい？」

そうそう、実はコンビニの店員がもう一人増えた。勇者兼バイト店員、ケンタだ。

レジでお客さんを待たせているケンタのもとへと急ぐと、どうやら打ち間違えをしてしまったらしい。

「ああ、こういう時はこうだよ」
ピ、ピ、ピ、と商品をキャンセルして改めてバーコードを読み直す。
「七七〇ラガーになります」

と言えば、お客さんは微笑みながら会計を済ませてくれた。

中央神殿駅前という場所柄《がら》か、お客さんに神官が多いせいか、ここの客層は感じのいい人ばかりだ。

ちゃらっちゃら、ちゃらちゃらららん。

「ム、来てやったぞ！」

訂正。一部を除いて、感じのいい人ばかりだ。

「げ、帰れよ、王子」

「そうだ、帰れ帰れ」

私とケンタが口々に言えば、王子はムッと口をへの字に曲げた。やや長めだった髪は、焦げてチリチリになったので、今は短髪だ。パッと見以前より精悍《せいかん》に見えるが、中身は残念なままに変わりない。

「今日はケンタの留学の件で来た」

「俺、断ったじゃん！　やめてよ！　もう勉強なんていらないって！」

この王子、何をとち狂ったのか、ケンタに自国への留学を勧めている。あの時言った戯言《ざれごと》はどうやら本気だったらしい。

ラフレ姫の件があったからか、女子供に手を上げるのは非道、一から騎士道を勉強すべきだ、と熱心にケンタを口説いている。最愛の人であるラフレ姫をあんな風に傷つけられて、自分も木の根から抜け出すためとはいえ大火傷《おおやけど》を負ったにもかかわらず、ケンタに普通に話しかけることができるなんて、王子は馬鹿なのか――うん、馬鹿なんだな。

「馬鹿なんですけど、根は悪い人じゃないんですよ」

ジーストさんが、ケンタとギャンギャン喚《わめ》いている王子を見ながら、フォローする。

「ハクサ殿下のお蔭《かげ》で、ケンタとわだかまりがないことも確かですしね……」

ナシカさんも仕方ないなぁって顔で二人を眺めている。

まあ確かにある意味大物かもしれない。

ちゃらっちゃら、ちゃらちゃららん。

「ケンタ！」

「あ、ラフレ姫」

ケンタは、店に入ってきたラフレ姫を見て、パアッと嬉しそうな顔をする。以前は姉のようにしか慕っていなかったが、背中に怪我を受けてもなお、変わらぬ親愛を寄せてくれるラフレ姫に、また違う感情が芽生えてきたのかも？　一方、ラフレ姫が現れた途端、王子の顔は般若《はんにゃ》と化す。

「ケンタ、寄るな！　ラフレ姫が穢《けが》れるっ！」

「うっせ、性病王子！　お前こそラフレ姫にさわんなっ！　病気が移る！」

「！　誰だ、ケンタにそんなこと言った奴は！　……小娘、貴様かっ！」

王子が般若の形相のまま私を睨んできたので、私はそそくさとおにぎり売り場の方へ品出しに戻る。

「ハクサ殿下、本当のことで怒るなんて大人げないですよ？」

「ラフレ姫！　あなたまでそんなことを……っ！」

「やーいやーい、おーこーらーれーたー♪」

「ぐぬぬぬぬぬ！」

レジ前でギャーギャー騒がないで欲しいけれど、まあ、あのメンバーが揃ってしまうといつもあなので、半ば諦めている。あの三角関係がどうなるのかは、私の知るところではない。

「前の方が静かで良かったな」

おにぎりの品出しに戻ると、ジグさんがレジの方を見ながらそうぼやいたが、私は苦笑いを返すだけにとどめる。確かに前の静かな店舗も良かったけれど、このにぎやかさも、これはこれで嫌いじゃないからだ。

「ジグさん、おにぎり買いすぎじゃないですか？」

「んあ？　そうか？」

カゴの中には、十個ほどのおにぎりがゴロゴロ転がっている。ここ最近では珍しい買いだめに、ふと思い当たることがあり、私は自分のシフトを頭の中で確認する。

私もケンタも明日は不在なので、このコンビニは店舗を閉める。本来の目的が分かった今、日本のコンビニのように二十四時間営業ではなく、時間も日本時間の朝七時から夜六時までと決まっているし、定休日まで存在する。ずっと巫女がいなくて大丈夫なのかと聞いたら、居てくれた方が安定はするけどそこまでしなくていいと言われた。そのせいで巫女の精神が不安定になっては元も子もないらしい。あくまで世界樹は、健全な精神の巫女を好むそうで。私、健全な精神なのか？　と少しだけ思わなくもないが、店長に比べれば間違いなく健全な精神だとは思う。

で、話を戻すと、この店舗、明日は店休日だ。つまり、買い物ができない。

「……あんた、また、買い占める気か？」

「ん、いや……？」

「しかも、イカマグロにウニチョコとか、魚介ばっかかっ！　馬鹿なの？　またこの間のトイレの二の舞する気なの⁉」

私がジグさんのカゴから腐りやすいおにぎりを取り出そうとすれば、彼はカゴを抱えて逃げていく。

「せめて、梅干しおにぎりにしてくださいよ、ジグさん！」

「あんな酸《す》っぱいの、食えるか」

そんなデカい体で、梅干し嫌いとか笑わせるな！

ギャンギャンと私は喚《わめ》きながら、ジグさんのカゴに手を伸ばしていると――

ちゃらっちゃら、ちゃらちゃららん。

聞こえてくるのは、いつもの音だ。

私は伸ばしていた手を止めると、そちらを向いて笑顔で言う。

「いらっしゃいませ」


藤森奏楽、二十三歳。

現在、異世界コンビニで元気に店員しています。

【異世界でコンビニ店員してるんだけど、何か質問ある？】

525　異世界コンビニ店員 20xx/11/02（木）22:00:45 ID:tfhicj2s
ということで、ここまで読んでくれてありがとう。
凄く嘘臭いけど、釣りじゃないよ。
最後に、皆にお願いがある。
このスレを立てた本当の理由。
ケンタのことなんだけど、誰か知らないかな？
近所で行方不明になった中学生とかない？
どんな情報でも教えてくれると助かる。

528　名無しの冒険者　20xx/11/02（木）22:01:12 ID:12fki5gorg
こんなところで聞いてもなあ……

531　名無しの冒険者　20xx/11/02（木）22:03:39 ID:acime222
まあ、頑張れよ。あと、店長、ホモください。

555　名無しのおかん　20xx/11/02（木）22:13:58 ID:kac01ha
それ、うちの息子かもしんない J('ー`) し

エピローグ　それうちの息子かもしんない

「緊張している？」

ファミレスの四人掛けテーブル席。私に問いかけてくるのは隣に座る店長だ。

今日の店長は、コンビニのピンクエプロンではない。何度か見た私服姿だ。意外に若作りなのか、まだ二十代に見えなくもない。対する私も年相応に若い姿だとは思う。間違っても店長と一緒の時に、ミニスカやショートパンツを穿《は》くことはない。

「緊張しないでいられるか」

握りしめた自分の拳《こぶし》には、じっとりと汗が滲《にじ》んでいた。

今日、私はケンタのお母さんだという人と会う。

ケンタの薄くなっていく記憶を頼りに探す親探しは、思った以上にしんどかった。

何故なら、ケンタがどんなに住所を言っても分からない。言われた瞬間に耳鳴りのようなものがして聞き取れなくなる。紙に書いてもらおうとしても、その文字だけケンタは綺麗に忘れてしまって書けない。また、プルナスシアから日本へ、ケンタに関わるものを持ち出そうとしても、それらは全て拒絶されてしまうのだ。

それら一連の出来事は、世界樹が妨害しているらしい。別に邪魔をしたいからではない。すでに日本との関係を断ったケンタが、元の世界にかかわろうとすることは、世界樹が日本と繋《つな》がる力に影響が及ぼすのだそうだ。

だから、ケンタの身元が分かりそうなもの——例えば胸章や勉強用具なども、認証の儀の時に世界樹に取り込まれてしまっていた。ゲーム機だけは残してもらえたようだが。

ケンタの着ていた学生服を目印にしようかとも思ったが、白いシャツと学生ズボンという夏服じゃ、日本全国、どこの中学校でも似たような制服ばかりだ。せめて女の子だったら、少しは特徴があったのかもしれないのに。

それでもケンタとの約束だから、絶対にケンタの親とケンタを会わせてあげたい。せめて、ケンタの記憶がなくなる前に。無理でも、どうしても。

やれることは全てやった。SNSでの拡散から、周囲の人への聞き込みまで。

だけど、一人のしがないフリーターにできることは思った以上に限られていた。まして警察に行方《ゆくえ》不明者の問い合わせをしたくても、上手く説明できるわけもない。

完全に手詰まりになった時に、半ばヤケになって匿名掲示板にスレッドを立ててみた。まさに藁《わら》にも縋《すが》る思いで——

そうしたら、なんと驚いたことに、自分が母親だと、名乗りを上げてくれた人がいたのだ。

それから、匿名掲示板からチャットへ移動したりなんだりして、互いの腹を探り合いながら、やり取りを交わし、お互いの知っているケンタが同一人物ではないのかということになった。

彼女は自分のことを〝貴婦人α〟ってハンドルネームで名乗ったので、私は〝異世界コンビニ店員〟と名乗った。さすがに本名を名乗りあうことは怖くてできなかったからだ。

できればケンタの写真を見せてほしかったけれど、向こうも知らない人間に見せることは憚《はばか》られたのだろう。直接会って、ということになった。異世界コンビニの話もあるし、もし本当にケンタのお母さんであれば、その方が都合は良かったので、私はその提案を受け入れた。

場所はケンタのお母さんの地元ファミレス。彼女は隣県の県境《けんざかい》に住んでいるらしく、ここであれば同じく県境近くに住む私も日帰りできる距離ということだった。

それを店長に話したところ、

「相手が本当にケンタのお母さんか分からないんだから、俺もついていく」

と、強く言われてしまい、現在に至る。確かに本物とは限らないし、男性がいてくれた方が心強い。

「だけど、隣に並んで座る必要があったのか？」

先ほども述べたが、今、店長は私の隣に座っている。私が窓際に座ったら、店長は何を考えたのかすぐ隣に座ってきたのだ。

「いや、だってもう一人来るんだから当然でしょ？」

さも正論のように言ってはいるが、そんなの相手が来てから移動しても構わないだろう。仲良く隣に並んで座りあうって、どこのイチャラブバカップルだよ。

「店長、近い！」

さりげなく太腿《ふともも》をくっつけてこないでほしい。間に手を置いて、店長の太腿をブロックする。本当に、ジーンズを穿《は》いてきた自分の選択は正しかったと思う。

出かける前、姉に「店長さんとデートなら、ショートパンツにしなさいよ」と言われたが、断固として拒否したのだ。間もなく十一月になるっていうのに、そんな寒いの穿いていられるか。

そして、姉よ、デートじゃない。デートじゃないのに、今朝、店長は私の家まで車で迎えに来るという暴挙をしでかしてくれた。父は不在だったが、凄く意味深に笑う姉と母の目がとても痛かった。凄く痛かった。

「私の家族に変な誤解されたらどうするんですか」

「あながち誤解じゃないでしょ?」

微笑んだ店長が、間に挟んでいた手をキュッと握ってくる。強くもなく弱くもない、絶妙の力加減で。無性に、でれりとしたその顔を殴ってやりたい衝動に駆られる。

「ああ、どうしてここにボウちゃんはいないいんだ!」

「やめて、あれ、トラウマ」

私の手を放さないまま店長の顔が青ざめた。余程ボウちゃんによる簀巻《すま》き放置プレイがこたえたらしい。

ちゃらっちゃら、ちゃらちゃらららん。

と、聞き慣れたコンビニの入店音。店長がギョッとする横で、私は自分のスマートフォンを確認する。お、メールだ。

「メール着信音、コンビニの音なの?」

「そうですよ？　聞き慣れてますからね」

なんだかんだ言って、私は自分の働いているあのコンビニが好きなのだ。店長は少しだけ嬉しそうに口元を緩める。そんなことで喜ぶなんてつくづくこの人は単純な人だ。

「俺もコンビニの音にしようかなあ……」

「お揃いなんて気持ち悪いからやめてください」

「ソラちゃんっ……！」

店長がテーブルに突っ伏して泣いているが、店長のことだ、そのうち、こっそり着信音を同じのにするんじゃないだろうか。いや、絶対にするな、この人は。

私はとりあえず、後で着信音を変えようと思いながら、〝貴婦人α〟さんからのメールを確認する。

『ファミレスに着きました。目印を教えてください』

ドキドキしながら返事を書いていると、横から泣いていたはずの店長が覗き込んでくる。この人、本当にウザいな。

『男女で来ています。男の方が茶金の髪で、髪を縛っていています。ちょっとオカマっぽくてうるさい人です』

「ちょっ、何、その内容！　もっと分かりやすい説明、あるじゃないか！　それにオカマって何？　俺、オカマみたいなところ、全然ないでしょ!?」

店長がギャンギャンうるさい上に、無意識に口元でグーにした両手を当てるとか、お前、どう見てもオカマにしか見えないぞ。

「あの……〝異世界コンビニ店員〟さんですか？」

私と店長が話している横に、誰か人が来た気配。

「ホラ、すぐに分かったじゃ――」

顔を上げた私は、その瞬間、言葉を失う。

ああ、そういうことか。

舞い込んできたのは香水の香り。

最後の最後に、浮いていたピースがカチリとはまる。ケンタがどうしてあんなにコンビニのピーチジュースばかり飲んでいたのか、男の子なのに不思議で仕方なかった。

だけど、今、その理由が分かった。

「あの……〝異世界コンビニ店員〟さん、ですよね？」

突然、涙ぐんだ私に対し、〝貴婦人α〟さん――いや、ケンタのお母さんであるその人は、戸惑いつつもこちらを見ている。肩までのセミロングの、三十代後半くらいに見える随分若いお母さんだった。そしてそんなケンタのお母さんが纏《まと》う香りは、甘すぎない桃の香りだ。恐らく、ピーチジュースと共同開発されたという香水の香り。

忘れていく記憶の中でも、忘れられないものは確かにあったのだ。

「あの、その香水、いつもつけてらっしゃるんですか？」

いきなりの私の質問に、ケンタのお母さんは戸惑いつつも口を開く。

「え？　ええ。ケンタ……息子が誕生日に買ってくれたものなんです」

不覚にも私の涙腺は崩壊した。くそ、ケンタ。意外に母親孝行め。

「ソラちゃん」

店長が私の背中を優しくさすってくれる。

「間違いないよ。この人、絶対、ケンタのお母さんだよっ……」

私は涙ぐんだ声で、店長にそう告げるのが精一杯だった。

後日、コンビニでもクリスマスの飾りつけをする頃、ケンタに少し早いクリスマスプレゼントを兼ねた新しい店員さんが日本からやってきて、
【勇者のおかんなんだけど、異世界でコンビニ店員しています】
ってスレが立つんだけど、それはまた別の話だ――

200年間引きこもっていた
あの伝説の魔法使いが
帰ってきた!!

しかも
子供の姿で、
いまさら
魔法学校に
入学!?

1~3

Monogatari no Naka no Hito

物語の中の人

田中二十三
Tanaka Nijusan

シリーズ累計
8万部突破!

不老の魔法使いリヒードは、森深くの塔に引きこもり、日夜、読書に没頭していた。その年数、ざっと200年ほど。そのリヒードが、とうとう引きこもり生活に終止符を打ち、外へ出る決心をした! しかも新しい魔法を覚えるため、大人気なくも子供の姿に変身し、ありとあらゆるコネを使って強引に魔法学校に途中入学! 魔法も性格も規格外のリヒードに、生徒も先生も大わらわ ?
誰もが子供のころに聞いたことがある魔法使いの物語。その「物語の中の人」が、今、現実世界に波乱を起こす!

各定価：本体1200円+税　　Illustration：オンダカツキ

榎木ユウ（えのき ゆう）
茨城県在住。「アルファポリス第７回ファンタジー小説大賞」特別賞を受賞。同作品で出版デビューに至る。
毎日、小説と同じように直感と発想で料理を作っている。奇跡的にうまい料理が出来ることもあるが、二度と作れないのが玉にキズ。

イラスト：chimaki
http://www.threepens.com/index.html

本書は、「小説家になろう」(http://syosetu.com/) に掲載されていたものを、
改題・改稿のうえ書籍化したものです。

異世界《いせかい》コンビニ

榎木ユウ（えのき ゆう）

2015年 1月 31日初版発行

編集－羽藤瞳
編集長－塙綾子
発行者－梶本雄介
発行所－株式会社アルファポリス
〒150-6005 東京都渋谷区恵比寿4-20-3 恵比寿ｶﾞｰﾃﾞﾝﾌﾟﾚｲｽﾀﾜｰ5F
TEL 03-6277-1601（営業） 03-6277-1602（編集）
URL http://www.alphapolis.co.jp/
発売元－株式会社星雲社
〒112-0012東京都文京区大塚3-21-10
TEL 03-3947-1021
装丁・本文イラスト－chimaki
装丁デザイン－ansyyqdesign
印刷－中央精版印刷株式会社

価格はカバーに表示されてあります。
落丁乱丁の場合はアルファポリスまでご連絡ください。
送料は小社負担でお取り替えします。

ISBN978-4-434-20199-8 C0093